W0315535

COLLECTION FOLIO

Ya Ding

La jeune fille Tong

Mercure de France

© *Mercure de France, 1994.*

Ya Ding, né en 1956 dans le nord de la Chine, a été envoyé à la campagne pendant la Révolution culturelle afin d'être rééduqué.

Il vit à Paris depuis 1986.

Il est l'auteur du *Sorgho rouge*, publié en 1987.

I

Le fleuve Xin-An prend sa source dans la montagne Mao-Shan et se jette dans le fameux Yang-Ze-Jiang, au pied de la Montagne Hua, après un parcours sinueux de quarante lieues environ. Au début, des milliers de ruisseaux descendaient des ravins et se réunissaient dans la vallée du Tong. Puis, avec les eaux arrivées d'autres vallées, ils parcouraient une dizaine de lieues avant de prendre la forme d'une rivière qui s'appelait alors Jiao-An, un nom qui annonçait déjà Xin-An, le nom du fleuve qui apparut plus tard car, dans le langage archaïque, le Xin et le Jiao voulaient dire respectivement : nouveau et ancien, récent et vieux, antérieur et postérieur.

Cependant, quand ce cours d'eau passait par le pied de Mao-Shan, le tronçon qui était antérieur de plus de vingt lieues au Jiao-An s'appelait déjà la Rivière Xin-An, ce qui prêtait à une grande confusion géographique car, entre la rivière Xin-An et le fleuve du même nom, le cours d'eau portait le nom de Jiao-An pendant une dizaine de lieues, mais pas du tout de nom pendant dix autres, d'autant plus que les mots « rivière » et « fleuve » n'avaient pas de définition distincte et que, selon les gens de différentes régions, ils prenaient souvent le sens opposé aux termes. Ce qui créait des malentendus fréquents : lorsqu'on parlait du fleuve Xin-An ou de la rivière Xin-An, même les gens du cru ne savaient pas exactement de quel endroit précis il s'agissait.

Sans doute, cette confusion était due au fait que les paysans de la région ne voyageaient presque pas ou difficilement, à cause des ravins, des cours d'eau, des forêts, des bêtes sauvages et de bien d'autres obstacles. D'ailleurs, ici, la terre était fertile, l'eau abondante et la montagne riche de toutes sortes de produits. On n'avait nul besoin de quitter la montagne pour vivre. D'ailleurs, « le même vent ne souffle pas au-delà de dix lieues », dit un vieux dicton et faute de contacts les gens utilisaient des langages totalement différents et ne se comprenaient plus dès qu'on s'éloignait de plus de trois villages.

Le hameau Fé-Lai-She se trouvait tout au fond de la montagne Mao-Shan, si bien qu'un étranger pouvait voyager pendant des années dans cette montagne sans en trouver le chemin d'accès. D'ailleurs, on ne comprenait pas de quelle façon les habitants étaient arrivés jusque-là, sinon à la manière dont le nom du village l'indiquait : Fé-Lai-She, « Rocher parachuté ».

Depuis des siècles, les gens de ce village vivaient dans la plus grande tranquillité. Les enfants naissaient, les vieillards mouraient, les hommes cultivaient, les femmes tissaient. La vie humaine se déroulait sans événement, tout comme les rochers qui se dressaient dans la falaise de Mille Pieds, le cours d'eau qui passait devant leurs maisons, au rythme des saisons. Cependant, cette année-là, vers le début d'été, se produisit une chose bizarre qui mit les villageois en émoi : Étoile-de-La-Longévité mourut.

Normalement, chez les habitants du Fé-Lai-She, la mort d'une personne âgée ne provoquait pas le moindre affolement, ni de grande tristesse : n'était-ce pas un phénomène naturel ? Et, même, quand une personne mourait très âgée, on considérait que c'était plutôt un « événement de joie ». Par contre, si quelqu'un n'arrivait pas à mourir et vivait particulièrement longtemps, on s'inquiétait. Et Étoile-de-La-Longévité fut de ceux-là : personne ne savait depuis combien de temps il vivait tellement son âge dépassait la mémoire des villageois. D'après ce que les habitants racontaient, Étoile-de-La-Longévité n'était pas originaire du village. D'ailleurs, son nom n'était qu'une désignation de son très vieil âge, car on ne savait pas son vrai nom, ni sa véritable provenance. C'était pour raison d'utilité qu'on lui avait donné ce surnom, comme les autres qu'on lui avait attribués auparavant : Moine Vagabond, Vieux-Tao, Maître-Ancêtres, Vieux-Éternel, chacun selon l'évolution de son personnage aux yeux des habitants. Ainsi, pouvait-on établir son histoire en juxtaposant les surnoms qu'on lui avait attribués : un moine vagabond s'était échoué dans ce coin de la montagne et avait établi sa demeure dans le temple du village, construit à moitié dans une grotte de la falaise de Mille-Pieds. Durant des années, il n'avait cessé de citer aux villageois des devises taoïstes et, au fil des années, il était devenu le symbole du grand Tao. Puis, après avoir survécu à tout le monde, il se vit octroyer le titre de Maître-Ancêtre par les enfants des enfants de ceux à qui il avait enseigné la vie. Plus tard, comme il ne mourait toujours pas, on lui accorda le titre de Vieux-Éternel, puis d'Étoile-de-La-Longévité. On ignorait tout de sa vie solitaire. De temps à autre, lors des journées de fêtes, ou de mariages, ou de funérailles, ou de naissances, on venait dans le temple pour rendre culte au Seigneur du Ciel, et lui bredouillait quelques psaumes inaudibles, vrais ou faux. On lui donnait alors quelque chose, de la nourriture ou des cadeaux d'usage. Et lui rendait bien des services aux habitants : sachant lire et écrire, il ne se faisait jamais prier pour tracer des affiches de joie pendant des fêtes et des mots de doléances pour les funérailles. Cependant, pourquoi ne mourait-il jamais ? Et de quelle façon s'éternisait sa vie ? Les gens ne se posèrent plus de questions tant ils étaient habitués à sa longévité, comme s'il allait de soi qu'un Vieux-Tao soit éternel.

Ce jour-là, brusquement, on apprit sa mort, et ce fut un véritable affolement pour les villageois.

Le Vieux-Tao Étoile-de-La-Longévité eût continué à vivre s'il n'avait pas reçu une jeune femme bizarre qui vint lui rendre visite. Cet après-midi-là, le soleil d'été enflammait toute la vallée et rendait la fraîcheur bien agréable à l'intérieur du temple. Le vieillard faisait sa méditation journalière et, quand il termina son office, il sentit une présence derrière lui. Il tourna la tête et se trouva devant une jeune femme qui était là depuis on ne sait combien de temps.

— Pardonnez-moi de ce dérangement, Maître, dit-elle d'une voix timide.

— Je vous en prie, Madame, le temple est la maison de tout le monde, dit le Vieux-Tao en regardant fixement l'inconnue : dès le premier coup d'œil, il avait compris qu'elle n'était pas du village, ni même de l'ethnie, car son visage avait des pommettes saillantes, sa peau était un peu foncée et, au fond de ses yeux, se promenaient un regard profond, des lueurs malignes, ce qui donnait un charme magique à la jeune visiteuse.

— Votre humble élève, dit-elle toujours de sa voix timide, avait depuis longtemps entendu votre réputation du Grand Tao de l'éternité. Aujourd'hui, en passant au pied de votre demeure, j'ai le bonheur de vous entendre des mes propres oreilles...

À ces mots, Étoile-de-La-Longévité fut enchanté, car il était extrêmement rare que des gens venus d'ailleurs lui rendent visite. Les habitants du village lui faisaient sans cesse des compliments, sincères certes, mais leur langage était si cru, si grossier qu'il valait mieux ne pas trop les entendre ! Et aujourd'hui, sous ses yeux, surgissait cette créature étrange, apparemment très cultivée, qui manipulait des mots aussi délicieux que l'expression de son visage. N'était-ce pas une véritable occasion de joie au milieu de ces interminables journées remplies d'ennui ?

— À vous entendre, je mesure déjà la profondeur de votre savoir, si je pense encore vous être utile en quoi que ce soit, ce serait le dernier bonheur de ma trop longue vie, répondit le vieillard en indiquant les deux sièges disposés devant la statue du Seigneur du Ciel.

Mais, d'un léger balancement du corps, la jeune femme refusa de prendre place. Alors que le Vieux-Tao regagnait sa place, elle dit :

— L'élève n'oserait jamais s'asseoir à la même hauteur que le Grand Maître.

Le vieil homme demeura surpris : personne ne

refusait jamais de prendre une place dans un temple du Tao. Mais, quelques instants plus tard, il réalisa qu'elle portait une robe de soie ; et les sièges qu'il offrait habituellement aux visiteurs n'étaient que des coussins de paille, placés au sol. Il était fort sympathique de bavarder entre moines ou villageois dans cette position rudimentaire, mais il s'avérerait gênant, en effet, qu'une jeune femme vêtue d'une légère robe de soie s'assît en tailleur, les jambes relevées plus haut que le torse.

Il se leva aussitôt en s'excusant :

— Le vide étant la devise de ma vie, mon pauvre temple n'a pas de siège plus confortable pour son honorable hôte…

— Maître, je vous en prie, expliqua la jeune femme, l'élève qui arrive de loin n'est point venue pour le confort, mais pour des conseils essentiels à la vie et que seule votre Éternité peut me donner. D'ailleurs, il s'agit d'une chose trop importante pour être évoquée dans cette salle ouverte aux quatre vents.

Le Vieux-Tao se sentit perdu et gêné car il n'y avait pas d'autres salles dans le temple, sauf sa chambre à coucher qui se trouvait au fond de la grotte rocheuse.

— Puis-je savoir à quel sujet ? demanda le vieil homme pour cacher son embarras.

— Je serais trop confuse d'en parler devant le Seigneur du Ciel…

Ce fut à ce moment-là que, avec étonnement, le Vieux-Tao remarqua de légers nuages rouges flotter sur les joues de la jeune femme. D'ailleurs, dans sa façon timide de parler, et d'onduler du corps sous sa robe de soie, elle semblait suggérer des choses qui faisaient battre fort le vieux cœur de Étoile-de-La-Longévité.

— Voulez-vous me suivre ? proposa-t-il alors en se dirigeant vers le fond du temple.

Silencieuse, la jeune femme le suivit de près et tous les deux entrèrent dans la chambre à coucher du vieux moine, où il n'y avait que son lit de pierre comme meuble. Sans gêne, la visiteuse prit place au bord du lit, à côté du vieil homme, avant de sortir un rouleau de sa large manche de soie.

— Votre élève a grandi dans une famille de lettrés et, depuis l'enfance, je contemple un tronçon de bambou suspendu au milieu du très haut toit de la maison. À chaque fois que j'ai posé une question à propos de cet objet qui m'intriguait, on me répondait que ce n'était que le trésor familial et, si je demandais à voir, on me disait toujours non d'un air scandalisé. Alors, chaque jour davantage, le mystère a siégé dans mon cœur. Il y a quelques jours, j'ai pu décrocher le bambou pour découvrir ce rouleau à l'intérieur, lorsque je l'ai ouvert, j'ai trouvé ces dessins et ces vers que, malgré ma rigoureuse éducation, je ne comprenais guère. Qui n'avait pas entendu votre illustre nom de grand savant Tao à une centaine de lieues à la ronde ? Ainsi, profitant de l'absence de mes parents, je viens exprès pour solliciter des instructions...

En disant cela, elle commença à étaler son rouleau. À cet instant-là, le Vieux-Tao aurait pu se douter de quelque chose d'anormal, mais comme elle parlait dans un langage parfaitement lettré, d'une manière digne et naturelle, le vieil homme si expérimenté n'eut pas le loisir de remarquer quoi que ce fût. Et quand elle ouvrit son rouleau, le Vieux-Tao fut immédiatement captivé par le texte.

Les premiers mots étaient bien entendu en langue archaïque, tracés dans un style correct, sans le moindre excès d'humeur, comme l'ouvrage fait d'une main trop féminine :

Portraits volés du Palais Intérieur de Han

C'était notamment le titre du rouleau. Sans connaître la suite, le vieil homme devina qu'il devait s'agir là d'un document très intéressant, car les dynasties de Han avaient duré plus de deux cent cinquante ans et leur cour réservait depuis toujours de grands mystères pour le monde : combien de lettrés éminents, de beautés extraordinaires et d'histoires passionnantes ?

En ouvrant le rouleau, la jeune femme dit encore au vieux maître :

— Après ce sont des dessins qui accompagnent le texte que votre humble élève a du mal à comprendre. Vous donnerez-vous la peine de m'expliquer chaque dessin ?

— Soit, gémit le vieux maître.

Avant que la première image apparût, surgirent quatre caractères qui indiquaient cette fois-ci le titre du dessin :

Foule de papillons recherchant l'arôme

Aussitôt, le vieil homme fut cloué de surprise par l'image qui suivait :

Sur un gros rocher grimaçant, provenu sans doute du lac de Tai, une jeune femme nue, assise les jambes écartées, face à un homme nu lui aussi. Tous les deux gardaient la tête tournée vers le lecteur, leurs yeux ouverts, l'air presque paisible.

Un poème sous-titrait :

Tige de jade projetée
Dans le lac profond du Ying
Crochet à gauche, tâtonnement à droite
Scrutant le cœur de fleur
Sans jamais se fatiguer

À peine avait-il murmuré ces vers qu'une forte émotion pénétra dans le cœur du vieil homme. D'une voix étranglée il expliqua le poème à la jeune femme. Alors, elle passa au deuxième dessin dont le titre disait :

Abeille engendrant son miel

L'image montrait toujours la femme qui, s'appuyant de ses bras sur le rocher, soulevait ainsi sa belle hanche pour accueillir l'homme. Elle avait l'air assoiffé, tandis que son partenaire paraissait quelque peu désemparé.

Le poème disait alors :

Pistil parfumé se trouvant bien à l'intérieur
Soif cachée beaucoup plus au fond
Attendant le jade fondant en mille rosées
Un moindre écart produirait l'éternel regret [...]

Depuis longtemps, le Vieux-Tao n'avait pas éprouvé une si forte excitation. Sa voix, en lisant le poème, avait douloureusement gémi. Ce fut à cet instant que la jeune fille s'approcha encore de lui et, d'un air innocent, lui posa cette question :

— Maître, tout à l'heure, je n'ai pas vu de papillon et, maintenant, il n'y a point de miel, que veut dire tout cela ?

Le vieil homme ne put répondre clairement. La jeune fille en arriva au troisième titre : *Oiseau égaré rentrant dans le bois* — suivi de l'image où la femme écartait les jambes en l'air, saisissant par la taille l'homme qui avançait sur elle. Tous les deux gardaient les yeux clos, l'air ivre.

Le Vieux-Tao n'arrivait plus à lire les vers en sous-titre. Instinctivement, ses mains se dirigeaient déjà vers la robe soyeuse de la jeune femme. Imperturbable elle continua à dérouler les dessins. Le quatrième titre : *Cheval affamé se ruant vers la crèche*, suivi du cinquième : *Volant le feu à travers le mur*, enfin le sixième : *Bougie arrosée à l'envers...*

Des étincelles jaillirent en tout sens devant les yeux du vieil homme. D'un geste fébrile, il saisit la jeune lettrée et la caressa avec empressement, alors que, dans ses bras, elle lui demandait encore d'une voix de jeune fille vierge :

— Maître, pouvez-vous m'expliquer tout cela ?

— Oui, oui, grogna le vieux moine, je vais te montrer ce que c'est...

Le lendemain matin, les villageois n'entendirent pas sonner la clochette du temple. Quand le premier passant découvrit le corps du Vieux-Tao, au fond de son lit, la nouvelle désastreuse fut vite répandue : Étoile-de-La-Longévité était mort d'une façon bizarre, son corps nu n'était plus qu'une vieille peau desséchée, et même ses os semblaient s'être vidés de toute moelle. Seule sa tige de mille habiletés restée en l'air, couleur violette, gardait encore la dernière goutte de sang.

Terrifiés, déshonorés, les habitants de Fé-Lai-She

essayèrent de se souvenir de ce qui s'était passé la veille. Les uns disaient qu'ils avaient aperçu une jeune étrangère se diriger vers le temple, les autres avouèrent qu'ils avaient entendu durant toute la soirée le Vieux-Tao hurler, sans qu'on puisse distinguer s'il s'agissait de hurlements de douleur ou de plaisir...

Mais la vérité se trouvait bien enfouie; et personne ne devina que la mort du Vieux-Tao était le dénouement d'un drame commencé des années auparavant, à des lieues plus loin, dans la vallée du Tong.

II

On a sans doute raison de comparer le printemps à une jeune fille, car c'est avec discrétion et timidité qu'il arrive ou se retire. Cette année, comme d'habitude, le premier vent printanier pénétra dans la vallée Tong en cachette, au milieu de la nuit, alors que depuis plusieurs jours durait un grand froid.

Zé-Lain dormait mal et s'agitait dans son lit de bambou qui grinçait. Un moment, elle se réveilla et découvrit, avec étonnement, son propre corps de jeune fille, tout nu à côté de la couverture qu'elle avait fait glisser sans doute pendant son sommeil agité. Un frisson la parcourut, à cause du froid ambiant ou de sa pudeur, elle tira vite la couverture sur elle. En vérité, la première chaleur de printemps ne se trouvait pas au-dehors, dans l'atmosphère, mais ressemblait plutôt à une fièvre sourde qui pénétrait à l'intérieur de son corps, à l'emplacement du cœur.

Elle ouvrit grands les yeux et regarda la nuit à travers la fenêtre. Par les premières lumières de l'aube ou celles de la lune, invisible depuis sa chambre, le ciel était blanchi comme un immense miroir. De loin, les cimes de la montagne semblaient remuer telles les vagues de l'océan. Elle éprouvait une violente émotion dans sa poitrine : dans trois jours, elle aurait seize ans, l'âge officiel d'une femme adulte de sa tribu, chez les Tong.

Ce serait la Fête de l'eau et, après, tout serait changé. Elle pourrait alors sortir de sa maison sans demander la permission à son père, rigoler librement avec d'autres copines et se livrer à des joutes de chansons nocturnes contre les garçons... Elle aurait à recevoir les entremetteuses venues des quatre coins de la région. « Pour celle-là, des entremetteuses vont casser le chambranle, vous allez voir », disait-on souvent dans le village, depuis qu'elle avait déjà treize ou quatorze ans. Était-ce vrai qu'elle devenait belle, la plus belle du village comme on le racontait ? Ou cherchait-on à flatter son père en vantant la beauté de sa fille ? Plusieurs fois, Zé-Lain s'était posé la question en se regardant dans la glace : ses yeux commençaient à briller, de légers nuages roses flottaient déjà sur ses joues, ses lèvres se gonflaient légèrement et toute sa peau devenait si tendre qu'un coup de doigt l'aurait trouée rien qu'en la touchant, comme une pêche trop mûre. Pouvait-on se trouver belle ? La jeune fille n'en était pas certaine. Tantôt elle trouvait sa propre image inconnue, étrangère à l'intimité qu'elle entretenait avec elle-même, tantôt elle éprouvait une grande gêne et rougissait. Elle fit une grimace devant le miroir et chassa très vite sa propre image.

Ce qui gênait le plus la jeune fille, depuis un certain temps, était que son corps semblait ne plus lui appartenir entièrement ; il était rempli d'un courant venu d'ailleurs : déjà ce flux mensuel qui coulait sous elle, ce vide qui se creusait à chaque fois dans le bas de son ventre, cette faim de chair, ce désir de se remplir, d'embrasser le monde entier, de dévorer tout ce qu'elle aimait... Un désir vague mais violent l'étourdissait dans la journée et la réveillait pendant la nuit, surtout en ce début du printemps, surtout à cette heure de l'aube, et surtout quand la lune brillait, comme cette nuit-là.

Zé-Lain poussa un soupir et essaya de se rendormir. Depuis plusieurs nuits, elle manquait de sommeil. Demain, elle aurait encore beaucoup de travail à faire. Sa mère avait quitté ce monde en lui donnant naissance ; son père assumait la responsabilité de la tribu et les travaux aux champs et c'était à elle qu'incombait la tâche de s'occuper de la maison. Elle devait coudre les habits neufs de cette nouvelle année, moudre la bonne farine de blé, décorer la maison et mettre en place tous les dispositifs de la Fête de l'eau : seaux, cuvettes, gourdes...

Peu à peu, ses paupières s'alourdirent et son esprit se mit à scintiller dans la brume. Des images floues se fondaient au fond de ses yeux. Le rouge devenait bleu, le jaune noir, et le vert violet. Soudain elle se dédoubla comme par magie faisant partie de ce qu'elle voyait et participant au mouvement du monde de son rêve.

Doucement, la porte de sa chambre s'ouvrit, une silhouette se glissa. Un souffle d'homme se répandit dans l'air.

— Qui es-tu ? demanda Zé-Lain, faiblement.

Sa question demeura sans réponse. Ou la réponse de l'intrus fut inaudible. Cependant, il s'approcha de son lit et lui chuchota quelques mots à l'oreille. Des mots doux, tendres, mais toujours inaudibles.

À cause de la nuit, la jeune fille ne distinguait pas bien le visage de l'homme, mais elle sentait une odeur agréable et enivrante. Elle allait encore lui poser une question, quand sa voix ne put proférer une parole ; ses pensées s'embrouillèrent dans sa tête et elle fut incapable de former une phrase cohérente.

L'inconnu s'approcha encore de son lit et tendit les mains vers elle ; il en posa une contre son front, l'autre au-dessus de son cœur. Était-ce de ses mains ou de son souffle, mais brusquement une forte chaleur émana de l'homme et traversa le corps de la jeune fille. Elle sentit ses os se ramollir et fondre comme des glaçons dans un torrent chaud.

— T'es...

L'inconnu maugréa un chapelet de mots, et Zé-Lain tomba dépossédée d'elle-même. Son être flottait maintenant dans un courant de désir. Ses seins se dressaient, sa chair frémissait. Elle ouvrit la bouche, les bras, et écarta les jambes, les pieds. L'Homme continuait de chuchoter. Telles des prières sacrées, ses phrases inintelligibles projetaient des rayons forts qui transperçaient le cœur de Zé-Lain et soulevaient des vagues dans ses veines. La jeune fille ne pouvait plus se tenir ainsi, immobile et couchée ; elle tenta de saisir l'homme. Mais, prisonnière d'une force paralysante, elle n'arriva pas à remuer ses bras restés écartés de chaque côté.

— Viens ! viens vite ! gémit-elle.

L'homme eut un petit rire discret et s'allongea contre elle, puis sur elle.

D'abord, quelque chose de dur et de tendre pénétra dans sa bouche. C'est à ce moment-là qu'elle réussit à bouger les bras, en les refermant sur l'homme qui lui saisit les seins et se mit à les sucer tour à tour.

Tout son sang afflua vers sa poitrine, tout son être se ramassa sous la bouche de l'homme qui suçait. De la pointe de ses pieds à celle de ses doigts, un vide se répandit partout dans son corps.

Elle gémit, hurla, se débattit. Mais l'homme suçait toujours. Par de petits coups fermes de la langue, il tétait ses mamelons tout en aspirant sa chair à pleine bouche. Ses sources vitales s'échappaient de sa poitrine pour s'engouffrer entre les lèvres de l'homme. Une sensation forte de plaisir mêlé de douleur vibrait en elle et tourbillonnait tel un typhon intérieur.

L'homme suçait sans relâche, jusqu'à ce que les flots de son sang se vident, jusqu'à ce que ses dernières gouttes de vie s'épuisent. Puis il la pénétra par le bas, la déchira, en s'engouffrant au plus profond d'elle-même, il fouilla chaque recoin de ses entrailles. D'un mouvement incessant, il s'avançait et se retirait en elle, comme un piston qui comprimait son corps et qui extrayait le reste de sa sève qu'il suçait ensuite à travers ses mamelons.

Lorsqu'il n'y eut plus rien, plus aucune nourriture, l'homme invisible se tourna et dirigea sa bouche vers le bas-ventre pour aspirer. Une fois de plus, ce fut comme des flots qui chahutaient en elle. Alors, son ultime vitalité finit par descendre et fut aussitôt pompée par l'inconnu.

À la fin, il ne restait de Zé-Lain qu'une peau gonflée après un typhon de plaisir et de douleur.

III

Lentement et faiblement, Zé-Lain se réveilla et fut immédiatement éblouie par la lumière du soleil qui semblait particulièrement forte ce jour-là. Elle referma les yeux et n'entendit que les coups faibles et accélérés de son cœur qui ne semblaient pas battre dans sa poitrine, mais dans ses tempes. Elle resta immobile pendant un long moment, à attendre que son corps ressuscite et que sa conscience émerge du néant.

Il était sans doute très tard dans la matinée, ou même était-ce déjà l'après-midi. Un grand silence régnait dans la maison et dans la rue. Les villageois étaient sûrement partis travailler aux champs. Son père aussi avait dû partir tôt avec le buffle pour labourer la terre. Comme d'habitude, il ne faisait jamais de bruit en se levant pour ne pas déranger sa fille, son enfant unique qui était à la fois sa seule compagne et le seul trésor de sa vie. Depuis seize ans, il avait toujours refusé de se remarier, par loyauté et fidélité envers sa femme défunte, et aussi de peur qu'une belle-mère eût maltraité sa fille comme c'était de coutume dans ce coin perdu. D'ailleurs, c'était aussi son devoir, car, depuis plusieurs années, il assumait la responsabilité de la tribu des Tong pour lesquels seuls comptaient l'honneur et la dignité.

Devant la grande fenêtre, au loin, les sommets de la montagne semblaient fumer sous le soleil. Un vent léger agitait doucement les feuilles des arbres et secouait l'image paisible du paysage sous les yeux de la jeune fille. Peu à peu, Zé-Lain sentit son corps renaître et, de nouveau, un sang chaud se mit à couler dans ses membres.

Quel rêve bizarre elle avait fait ! En savourant ce qui subsistait de cette sensation de plaisir, elle éprouvait une grande honte. Subitement, elle tourna le dos à la fenêtre, comme si elle avait peur que quelqu'un, de la rue, pût pénétrer ses pensées secrètes. Depuis toujours, chez les Tong, les relations entre hommes et femmes étaient un sujet interdit, considérées comme un grand péché dès qu'elles n'étaient pas destinées à prolonger les chaînes de familles. Aujourd'hui, rien que par le rêve, Zé-Lain se sentait profondément coupable.

D'un mouvement rapide, elle voulut se lever. Mais la force lui manqua et elle retomba dans le lit qui poussa une sorte de cri. Des étincelles jaillirent devant ses yeux et un vertige lui prit la tête.

Elle s'étonna tout de même de cette étrange faiblesse. Perdait-on ses forces en rêvant d'actes d'amour ? Les plaisirs de chair coûtaient donc si cher ? Nos ancêtres avaient certainement eu raison d'établir tant de théories sur cette chose tabou ! Très vite, la jeune fille se souvint des ses nombreux cousins qui, juste après le mariage, étaient devenus faibles et vieux.

Leurs corps rétrécissaient et perdaient en quelques jours toutes leurs forces de travail.

En songeant confusément à tout cela, Zé-Lain attendit que de nouvelles énergies lui reviennent. D'un mouvement insouciant, elle tourna la tête vers son bras gauche et, brusquement, poussa un cri de catastrophe :

— Ma tache de vermillon ! Oh, Ciel, pitié !

Une peur brusque la fit sauter du lit. Elle tourna plusieurs fois la tête vers son bras gauche, jusqu'à ce que son cou lui fit mal : mais la tache rouge qu'elle portait en haut de son bras était bel et bien partie.

Le premier effet du désespoir la plongea dans une grande hébétude. La jeune fille s'attendit à une abondance de larmes qui n'arrivaient pas à venir, elle fut étranglée par un sanglot sec et long. Son esprit abasourdi réalisa l'ampleur de sa tragédie : elle avait perdu sa tache de virginité !

Depuis d'innombrables générations, les Tong pratiquaient une étrange façon de tester la chasteté de leurs femmes. On ne sait il y a combien d'années, ils avaient découvert que les geckos, de petits lézards qui rampaient sur les fenêtres, portaient sous leurs pattes des lamelles adhésives et lorsqu'ils étaient en amour, ils dégageaient une forte sensibilité qui altérait cette substance adhésive. Alors, les ancêtres Tong attrapaient ces petits reptiles qu'ils trempaient dans un bouillon de cinabre pendant deux jours. Ils en tiraient une pommade de vermillon. Ensuite, ils l'appliquaient sur le bras de chaque femme : le vermillon lui restait alors collé jusqu'au jour où la femme perdait sa virginité. C'est pourquoi, dans la tribu Tong de Zé-Lain, toutes les jeunes filles portaient en haut de leur bras gauche une tache rouge qui fournissait la preuve de leur pureté. Tache qui leur était plus précieuse que la vie, tache que chacune gardait avec la plus grande précaution. Si, par hasard, l'une d'entre elles perdait la tache sacrée, l'honneur de la famille était mis en cause, et cela se terminait toujours dans la plus grande tragédie, ou la famille se voyait obligée de s'exiler, ou la fille partait seule dans la montagne vivre en nonne, mais, le plus souvent, elle finissait par se suicider pour laver la réputation de la famille.

Zé-Lain n'aurait jamais imaginé qu'un tel désastre pourrait tomber sur elle ! Élevée avec la plus grande rigueur par son père, elle se comportait d'une façon qui ne pouvait être plus correcte. Jamais sortie de la maison dès le coucher du soleil, ne fréquentant que ses copines, elle avait toujours vécu dans la plus grande pureté. Même après avoir eu les premières marées de femme, la notion de sexe n'avait pas atteint son esprit entièrement innocent. Il était vrai que depuis deux ou trois ans, elle était de plus en plus agitée par des émotions indiscernables qui surgissaient les nuits où elle ne dormait pas ; elle éprouvait des désirs confus lorsque, par hasard, elle tombait sur un accouplement d'animaux, d'insectes, mais jamais elle n'avait eu l'idée pour elle-même d'un tel acte. S'il lui arrivait de songer à son mariage, à l'homme avec qui elle fonderait une famille, aurait des enfants, c'était toujours en des moments intimes et secrets dans la nuit, et sans oser imaginer vraiment son corps livré à un acte sexuel.

Or, aujourd'hui, par le pire des malheurs, elle avait perdu sa tache de virginité suite à une nuit d'amour rêvée. Demain, tout le monde jaserait, et comment expliquer tout cela à son père et aux autres villageois ?

Un grand affolement l'étranglait. Ses yeux pleuraient sans larmes. Cependant, Zé-Lain méritait d'être la fille du chef de la tribu et avait, comme on disait au village, une profondeur de cœur. De son père, elle avait acquis, dès l'enfance, les forces de dominer une situation. Aujourd'hui, face à son désastre, malgré sa grande consternation, elle se reprit et refusa de partager le même sort que celles qui l'avaient précédée dans ce malheur. Elle se leva et se couvrit les épaules d'un grand châle. Puis elle décida de fabriquer la pommade de vermillon et de se peindre une tache sur le bras. Plus tard, un jour, elle dénoncerait le mensonge et la traîtrise du traditionnel vermillon des geckos.

IV

Dans la chambre principale, les ombres des treillis de la grande fenêtre s'allongeaient jusqu'au milieu du sol : l'heure du déjeuner arrivait. Brusquement, le village fut en émoi. Des chiens aboyèrent. Des poules gloussèrent. Des enfants coururent dans les rues. Des paysans, qui travaillaient dans les champs, près du village, rentraient et plaisantaient.

Malgré des coups de faiblesse, Zé-Lain prépara vite le repas de midi et, comme convenu, alla le porter à son père qui labourait dans le champ du nord. La jeune fille pensait qu'au retour, elle pourrait marcher jusqu'au pied de la Montagne-Aux-Trois-Épaules où se trouvait la plus grande forêt de la région. Avec un peu de chance, elle y attraperait des geckos en couple, et pourrait ainsi commencer, dès ce soir, à fabriquer la fatale pommade. Si tout allait bien, elle aurait la tache avant la Fête de l'eau, date qui devenait maintenant fatidique car, ce jour-là, elle aurait vraiment du mal à garder son bras couvert.

Sans grands scrupules, elle sortit de la maison, le panier à son bras. Au bout de la petite ruelle, sur le gros rouleau de pierre verticalement dressé, était éternellement assise Grande-Tante Faa qui somnolait sous le soleil, tantôt les yeux ouverts, tantôt avec un léger ronflement. Mais aujourd'hui, quand Zé-Lain passa, elle se trouvait dans un des rares moments où elle se tenait éveillée et, de ses petits yeux ridés et sans lueur, elle regarda la jeune fille passer, l'air surpris. Réprimant bien le fort battement de son cœur, Zé-Lain lui adressa tout de même un sourire que, bizarrement, la vieille lui rendit. Mais ce fut seulement une grimace dont l'expression restait étrange et obscure. Dans un affolement, la jeune fille se demanda si elle n'avait pas, malgré elle, dévoilé quelque chose, en affichant un visage marqué par la catastrophe.

Évitant la rue principale, Zé-Lain fit un détour vers l'ouest. Elle passa par le bord de l'étang, car elle voulait emprunter le sentier de bergers. Après avoir croisé une fillette occupée à donner à manger à ses poules, la jeune fille s'échappa du village et entra dans le bois qui bordait le village par le nord. Là, après un bout de chemin, elle se trouva en pleine campagne. Avançant à grands pas, Zé-Lain poussa enfin un soupir de soulagement.

— Ohé ! qui est celui-ci, arrête ce salaud de cochon pour moi ! cria tout à coup une voix de femme éperdue, derrière elle.

D'instinct, Zé-Lain se retourna et vit courir un petit cochon, poursuivi par une femme échevelée, les pans de sa veste dansant dans l'air.

— Ohé, ohé ! aide-moi ! Arrête-le, cette ordure ! s'écria la femme essoufflée.

Tel un éclair noir, la bête arrivait sur Zé-Lain et, baissant brusquement les reins, l'animal s'apprêtait à filer entre ses jambes.

— Hop !

D'un coup de pied plus rapide que l'éclair, Zé-Lain

envoya l'animal rouler par terre, vers le côté. En même temps, entraînée dans un mouvement qui fit vaciller son corps affaibli, la jeune fille tomba sur le petit cochon.

— Oh, mon dieu, quelle chance, quel bonheur de te trouver là !

Tout en marmonnant, la femme courut jusqu'à Zé-Lain qui avait attrapé l'animal par les deux pattes arrière. Étourdie par les cris stridents de la bête, la femme ôta sa ceinture et attacha l'animal en faisant des nœuds dans tous les sens.

— Mais quel bonheur que tu sois là ! Cette ordure profite toujours du moment où je lui donne à manger pour s'échapper…

Zé-Lain rigola au fond d'elle-même. C'était connu dans le village : la femme s'appelait Cane-Aux-Grands-Pieds ; depuis dix jours elle avait ce cochon et passait son temps à courir derrière. L'histoire était qu'elle avait au début une porcherie dont les murs étaient trop peu élevés ; comme son mari était tire-au-flanc, il ajoutait deux ou trois briques sur la murette chaque fois que l'animal s'échappait. Il entraînait ainsi le cochon à sauter de plus en plus haut. Dix jours plus tard, la porcherie était la plus élevée du village, mais l'animal, habitué à l'exercice, s'échappait toujours.

Cane-Aux-Grands-Pieds ne finissait pas d'attacher sa bête qui, fatiguée sans doute de s'égosiller, gémissait sournoisement, on eût dit qu'elle se réjouissait d'être chatouillée par sa maîtresse.

— Quelle chance, sinon je l'aurais poursuivi jusqu'au Ravin de Huit Rocs ! Après ça, mon mari s'étonne que l'animal n'engraisse pas. À force de courir, comment veux-tu que…

Tout à coup, elle s'arrêta net de parler et fixa Zé-

Lain de ses yeux écarquillés sans arriver à prononcer un mot.

— Tante, au revoir...

Sous le regard de l'autre qui devenait perçant, la jeune fille sentit ses dernières forces s'évanouir. Craignant toujours de se trahir, elle préférait partir le plus vite possible.

— Mais... tu es ma nièce... Zé-Lain !

— Mais oui, tu ne me reconnais plus ?

— Ah... Comment se fait-il que... en une nuit, tu sois devenue une si grand fille...

En disant cela, Cane-Aux-Grands-Pieds laissa son cochon attaché par terre, et prit Zé-Lain par les épaules, la scrutant de ses yeux agrandis :

— Laisse-moi te regarder ! En une nuit, tu es devenue une femme, et si belle, que je n'arrive plus à te reconnaître. N'est-ce pas que c'est étrange... On dit que toute fille se métamorphose à dix-huit ans, mais si brusquement, en une seule nuit, c'est étrange...

Zé-Lain demeurait interdite. Avait-elle tant changé ? Après le rêve d'amour, elle éprouvait des sensations différentes à l'intérieur de son corps, une volupté entre chacune de ses articulations, accompagnée d'une fatigue profonde et d'une mollesse de tous ses muscles. Pourtant, elle ne soupçonnait pas que cela ait pu marquer à ce point son apparence. Elle se souvint que, tout à l'heure, dans sa précipitation, elle avait oublié de se regarder dans un miroir avant de sortir.

— Oh là...

Cane-Aux-Grands-Pieds n'en finissait pas de pousser des exclamations en l'examinant d'un regard suspicieux. Zé-Lain ne pouvait plus tenir en place tellement son cœur battait fort. Elle avait sûrement un visage décomposé qui exprimait le désastre.

— Ça suffit, Tante Cane-Aux-Grands-Pieds, il n'est plus trop tôt ! Mon père m'attend pour le repas, je dois y aller. Garde bien ton cochon. Au revoir !

Avec insolence, la jeune fille se dégagea et tourna le dos à la femme qui marmonnait toujours :

— Que c'est étrange...

Zé-Lain s'éloigna rapidement. Au lieu de continuer sur le sentier qui la menait vers les champs, elle contourna les trois gros arbres qui marquaient le tournant et se dirigea vers l'épaisseur du bois où se trouvait un petit étang mort. Arrivée au bord, elle posa le panier à côté et s'accroupit pour voir son visage se refléter dans l'eau calme.

D'un coup, elle tomba à la renverse tellement sa panique fut violente : les traits de son visage étaient encore les mêmes mais, malgré le flou du reflet, le changement se voyait avec une évidence frappante ! Ses cheveux paraissaient moins souples, son front légèrement plus large, toute sa peau avait perdu sa fraîcheur, ses lèvres qui brillaient hier encore d'un rouge écarlate étaient comme recouvertes d'une couche violette, tirant vers le bleu ; et surtout son regard avait perdu sa lueur habituelle d'innocence et de pureté, il était troublé de lassitude et de terreur. Incontestablement, elle avait vieilli d'au moins dix ans.

— Ce n'est pas possible !

Refusant de consentir au désastre, Zé-Lain fit un dernier effort pour approcher le visage de l'eau afin de se regarder une dernière fois. Le coup de vieillesse fut encore plus évident : elle avait l'air d'une femme de trente ans !

— Horreur !

Une rage envahit la jeune fille. Impuissante, elle ramassa un gros caillou qu'elle jeta dans l'étang, troublant ainsi sa propre image. Ensuite, elle tomba par terre, inondée brusquement par une marée de larmes.

Aussitôt, Zé-Lain se reprit. Sa raison revenue à temps lui rappela qu'elle n'avait même pas le droit de pleurer de désespoir. Si elle voulait sortir de la situation, la seule solution était de partir le plus vite dans la forêt pour attraper des lézards amoureux. Une fois de plus, la jeune fille fit preuve d'un grand courage digne de la famille chef de tribu. D'un revers de manche, elle essuya ses larmes et se leva avec résolution. Elle ramassa son panier et rentra au village d'un pas précipité.

Devant sa maison, un petit garçon s'amusait à atteler son chien à un petit chariot fait de tiges de sorgho. Zé-Lain le héla avant de lui donner un œuf cuit, sorti de son panier. Puis elle lui demanda d'aller chercher sa cousine Cinquième Fleur. Lorsque celle-ci arriva, Zé-Lain était déjà couchée dans le lit, couverture sur la tête. Elle chargea sa cousine de porter le repas à son père, et de le prévenir qu'elle était souffrante.

Lorsque la petite fille partit pour le champ du nord, Zé-Lain sauta de son lit, reprit son châle et sortit par la petite ruelle, tête baissée, vers l'ouest où se trouvait la Montagne-Aux-Trois-Épaules.

V

La Montagne-Aux-Trois-Épaules se situait à peu près à une lieue et demie du village Tong. Zé-Lain marchait vite et empruntait surtout des sentiers de bergers dans la première moitié du chemin. Ce fut à la hauteur du Bourg Au-Vieil-Acacia, après la fourche des trois chemins, qu'elle osa enfin prendre une route plus claire, estimant qu'elle ne risquait plus de croiser des connaissances.

Dans l'angoisse et la précipitation, elle ne sentait plus tellement la fatigue. Heureusement il faisait encore très frais en ce début de printemps, elle pouvait ainsi garder son grand châle sur ses épaules et autour du cou. Après avoir contourné le Hameau du Rocher Rouge, le village Aux-Coqs-Muets, elle entra dans le Bois des Bambous En Flèches qui marquait l'entrée de la Montagne-Aux-Trois-Épaules. Les rochers prirent soudain un aspect étrange, on eût dit d'énormes squelettes d'animaux antédiluviens, manifestant vis-à-vis des hommes une profonde compassion et une férocité terrifiante. Le vent devint glacial, rugissant dans le feuillage épais. Il faisait de plus en plus sombre dans la forêt. Par endroits, des vieux arbres morts écartaient leurs branches sèches par où tombaient de violents faisceaux de soleil. Au sol, des herbes mortes couvraient de jeunes pousses dont la couleur vert pâle trahissait une fragilité attendrissante.

Zé-Lain n'avait jamais attrapé des geckos. Normalement, c'était la tâche des hommes. On disait que ces petits reptiles étaient complètement inoffensifs et ne s'intéressaient pas aux objets pourvus d'une dimension plus grande que leur corps. Pourtant, la jeune fille en avait une peur sournoise. Souvent, les soirs d'été, en période de canicule, des lézards apparaissaient sur les fenêtres pour attraper des moustiques ou d'autres insectes. Les anciens du village les appelaient « Zuo-Gong », ce qui voulait dire approximativement « assis dans le palais » ou « garder la maison ». N'y avait-il pas, dans ces termes, une nuance de pureté du corps ? Or, chaque fois que Zé-Lain apercevait ces animaux, elle éprouvait de grands frissons dans tout le corps. Leur aspect étrange, leur laideur et cette façon de surprendre l'ennemi dans la plus grande immobilité lui procuraient un sentiment de malaise et d'horreur. Mais le vieux dicton Tong disait bien : « Comment pourrait-on garder la tête haute en passant sous une arche ? » Zé-Lain se devait donc de faire preuve d'un courage surnaturel.

Suivant les conseils des anciens montagnards, dès qu'elle entra dans la forêt, elle cassa une branche sèche d'un sapin afin de s'en servir comme d'un bâton. Puis choisissant des endroits où les lumières étaient abondantes, elle se mit à battre les herbes afin de chasser d'éventuels animaux et insectes nuisibles, avant d'y mettre les pieds et de fouiller du regard les branches et le feuillage. Vraiment, elle était ignorante en la matière. Déjà la tache de vermillon était un sujet tabou pour les jeunes filles du village. Aucune n'osait aborder la question de sa fabrication, et encore moins celle de l'art d'attraper des geckos en amour. Seulement, Zé-Lain gardait dans ses souvenirs d'enfance quelques chansonnettes de sa grand-mère, lors des soirées d'été, après le repas, quand toute la famille prenait la fraîcheur dehors, on voyait alors surgir un ou deux petits lézards attirés par le chant, qui rampaient verticalement sur le mur.

Hou, Hou, le petit Zuo-Gong
Sois gentil et garde bien nos maisons
C'est au printemps que tu es en amour
C'est en été que tu rampes sous nos fenêtres
On t'attrape en forêt, dans le feuillage
Pour la beauté de nos femmes
Avant leur heureux mariage [...]

À cette époque-là, Zé-Lain n'avait que quatre ou cinq ans et ne devinait pas ce que voulait dire le refrain de la grand-mère. Ce fut beaucoup plus tard, à l'âge de douze ans et demi, quand on lui appliqua la tache de Zuo-Gong, qu'elle comprit enfin le sens de la vieille rengaine, et aussi l'air profond et triste avec lequel sa grand-mère chantait. En effet, toutes les jeunes filles Tong étaient des prisonnières de ce petit reptile, gentil et laid.

Sans relâche, la jeune fille examinait les feuilles des buissons, celles qui étaient exposées au soleil. Apparemment, ces petits animaux aimaient la chaleur puisqu'on ne les voyait jamais en hiver. S'ils se trouvaient dans la forêt en ce moment, et en amour, ils ne pouvaient qu'être au soleil, car la température à l'ombre demeurait encore glaciale.

L'après-midi était bien avancé ; le soleil d'un coup se rétrécit et lança des rayons très doux et éblouissants. Beaucoup d'oiseaux sautillaient dans les arbres. Ils chantaient peu, occupés sans doute à construire leurs nids. Sur le flanc sud de la montagne, dans les creux ensoleillés des rochers, des herbes neuves portaient déjà des fleurs blanches ou jaunes. Parfois, des papillons voltigeaient en battant de leurs ailes triangulaires. D'autres insectes sortaient aussi de leurs abris, ceux qui rampaient, ceux qui volaient, ceux qui bruissaient et ceux qui fuyaient comme l'éclair.

Tout à coup, un grand frisson parcourut le corps de la jeune fille : sous ses pieds, deux petits lézards filaient côte à côte. Zé-Lain songea à leur donner un coup de bâton, mais ils s'échappèrent avec une telle rapidité que le temps qu'elle revienne de sa surprise, ils étaient déjà hors de portée. À quelques pas plus loin, ils s'arrêtèrent devant un tronc d'arbre et observèrent la jeune fille de leurs petits yeux aux cernes blancs. Sans cesse, leurs cous se gonflaient et se dégonflaient, comme s'ils étaient eux aussi effrayés et essoufflés après une course trop brusque. Zé-Lain renonça à l'idée de les poursuivre ; après tout, ils n'étaient pas en accouplement.

Elle poursuivit sa recherche vers l'intérieur de la forêt. Néanmoins, les deux geckos en fuite lui donnèrent confiance. Il devait y en avoir beaucoup en cette saison où tout l'univers se réveillait ; elle n'aurait pas de grandes difficultés pour en attraper, l'important était de les surprendre en train de s'aimer. Zé-Lain ne comprenait pas pourquoi les geckos devaient être en état d'amour pour que la pommade soit efficace. Qu'avaient-ils de si particulier à ce moment-là ? Quel était le rapport entre ces reptiles hideux et le corps vierge d'une jeune fille ? Et de quelle façon l'acte d'amour d'une femme pouvait-il retirer le vermillon de son corps ? Tout cela était si mystérieux...

Ses yeux clignèrent. Cette fois, elle tomba bien : à quelques pas devant elle, dans le creux d'une large feuille, deux geckos étaient en train de s'accoupler. Ce fut à ce moment-là que la jeune fille remarqua que ces petits animaux avaient une étrange façon de faire l'amour. Au lieu que le mâle monte sur le dos de la femelle, comme faisaient tant d'autres animaux, les deux geckos s'étreignaient étroitement de leurs huit pattes, leurs longues queues se tortillant ensemble. Avec une sensation étrange, Zé-Lain s'approcha doucement et souleva le bâton.

Pourtant, elle n'arrivait pas à donner le coup fatal à ces petits amoureux. L'un serrant l'autre, les yeux bien écarquillés, le ventre frémissant, ils semblaient puiser jusqu'au fond de leur plaisir. Zé-Lain se souvint de son rêve et se sentit gagnée par un grand vertige. De nouveau, une irrésistible vibration secoua son bas-ventre.

Or, avant de tomber dans l'assoupissement, elle réussit à frapper de toutes ses forces.

VI

Lorsque Zé-Lain fut de retour, le soleil s'accrochait encore au pic ouest de la montagne. Comme le village se situait sur la pente est, le crépuscule commençait déjà à se répandre dans la vallée. En haut, dans le ciel encore éblouissant, flottait une légère fumée du repas du soir d'où émanait un fort parfum de colophane. Comme chaque jour, à cette heure-ci, un calme à la fois rassurant et inquiétant régnait dans les rues désertes. Les hommes n'avaient pas encore fini leur travail dans les champs, les femmes restaient occupées dans la cuisine, seuls un ou deux chiens traversaient les ruelles en courant, la queue serrée entre les pattes.

Zé-Lain regagna sa maison sans être aperçue par personne. Sachant que son père la rejoindrait plus tard, elle décida de se mettre à l'œuvre. Au temps où son grand-père maternel était vivant, c'était lui le patriarche qui dirigeait l'entreprise de la fabrication du vermillon de geckos. Zé-Lain avait surpris son grand-père en train de cacher le paquet de cinabre sous la natte de son Kang, où la chaleur du feu des repas l'entretenait au sec. Depuis sa mort, survenue il y a quatre ans, personne ne mettait plus le pied dans sa maison, abandonnée au fond de l'arrière-cour. Ce soir, Zé-Lain y pénétra et trouva sans grande difficulté le reste du paquet parmi les décombres. Faute de soin, la poudre avait pris l'humidité et sa couleur rouge tirait déjà sur le violet. Mais la jeune fille n'avait plus le temps de se soucier encore de la qualité du cinabre et, avec empressement, suivant la façon dont elle avait vaguement entendu parler, elle mit le contenu du paquet dans un bol en pierre, y versa de l'eau froide, et y trempa le couple de geckos encore frémissants, avant de couvrir le tout d'une feuille de pierre noire. Puis, elle se précipita dans sa chambre à coucher pour se mettre au lit, sous la couverture. Si tout marchait bien, la pâte serait prête demain soir, et elle pourrait se remettre la tache de virginité avant que son père la revoie car, depuis un certain temps, il n'entrait plus dans sa chambre que s'il y était invité.

Ce soir-là, à l'heure du repas du soir, tout le village Tong fut effrayé par une terrifiante nouvelle : la fille du chef avait perdu son corps au Fantôme-de-Mille-Ans. Les villageois furent affolés et restèrent enfermés dans leur maison, porte close, interdisant toute sortie aux enfants, surtout aux filles. La catastrophe était connue dans la vallée, tous les dix ou vingt ans, le fléau s'abattait sur l'une des jeunes filles. Le phénomène était très étrange : la jeune fille en question atteignait l'âge de seize ans quand, brusquement, elle perdait sa tache de virginité et prenait un grand coup de vieillesse. Dans les cinq jours qui suivaient, sa jeunesse saignait à grands flots et, au bout d'une semaine, elle devenait une vieille femme. La légende racontait que ce mal frappait toujours la plus belle et la plus passionnée des jeunes filles ! Autrefois, on appelait un grand maître Tao pour prendre les augures et chasser le mal. Après cent jours de rites, le maître avait deviné qu'un fantôme vieux de mille ans guettait pour boire le sang frais des jeunes filles, surtout des plus mignonnes et, dès que l'une d'elles était trop brûlée par la flamme d'amour et qu'elle révélait une faiblesse dans la défense de son corps, le vieux démon la souillait en volant sa virginité et sa jeunesse. Pour prévenir ce fléau, le maître taoïste avait conseillé aux villageois d'élever leurs filles dans la plus grande pureté ; ce fut ainsi qu'avait été instauré la vigoureuse tradition concernant la virginité des jeunes filles au village.

Aujourd'hui, tous les villageois furent consternés par la nouvelle car, depuis quelques années, on parlait de la fille du chef comme de l'étoile des montagnards, la perle la plus brillante des Tong. On aimait tellement voir son sourire qui dégageait des lumières invisibles, on aimait tellement entendre sa voix qui sonnait comme des clochettes d'argent ! Elle manifestait tant de respect envers ses aînés, tant de sympathie envers ses sœurs, et tant de bonté envers ses cadets, qu'elle était l'âme du village Tong ! Quel fut le garçon qui n'avait pas rêvé d'elle ? Quel fut le vieil homme qui ne l'évoquait pas avec fierté ?

En ce moment, face à une nouvelle à tel point désastreuse, les villageois n'avaient qu'un seul espoir : que le bruit soit faux ! Ainsi, selon les coutumes ancestrales des Tong, face au malheur, chacun se cloîtra à l'intérieur de sa maison pour attendre que le bon Soleil écarte les nuages noirs.

Pourtant, à l'exception de tous, une seule famille se réjouissait sournoisement du malheur : les Bouba qui vivaient un peu en retrait, sur la colline du sud. Depuis vingt ans, le père Bouba haïssait l'actuel chef de la tribu.

Sa rancune s'était nouée pendant la fameuse cérémonie du «Jugement du Soleil». Au fait, après le décès de l'ancien chef de la tribu, on avait découvert son testament selon lequel le père Bouba devait lui succéder au commandement de la tribu. Cependant, depuis des générations, les Tong exigeaient une personne de la plus grande dignité et du plus parfait honneur pour assumer la charge de les commander. Or, les villageois de l'époque trouvaient que le candidat désigné par leur ancien dirigeant n'était pas irréprochable sur le plan de la morale. La plupart des gens le soupçonnaient d'avoir entretenu des relations ambiguës avec ses belles-sœurs après la mort de sa femme légitime. Le peuple Tong était fait d'hommes fougueux et violents, que le moindre déshonneur mettait en rage. Il était donc hors de question qu'ils obéissent à quelqu'un dont ils n'étaient pas sûrs des vertus. Ainsi, l'éventuelle succession de Bouba au commandement avait aussitôt projeté des troubles chez les habitants.

Contester la volonté du chef défunt demandait un courage extraordinaire. D'ailleurs, Bouba étant un homme puissant et inflexible, la moindre querelle avec lui risquait d'entraîner des conséquence catastrophiques, voire mortelles. Or, le destin de la tribu étant mis en cause, ceux qui comprenaient bien la situation brûlaient d'inquiétude. Ce fut dans cette circonstance qu'ils tournèrent la tête vers un autre homme, le jeune Xang dont, depuis un certain temps, la morale et la volonté avaient gagné leur admiration. Lui seul aurait le courage et la force d'affronter le futur chef afin de sauvegarder la paix de la tribu. Alors les vieux comme les jeunes vinrent lui rendre visite et lui confièrent leurs soucis et espoirs. Le sang monté à la tête, le jeune Xang se rendit chez Bouba pour lui exprimer la méfiance collective.

Un drame éclata immédiatement entre les deux puissants hommes.

— Je ne laisserai jamais passer une telle calomnie ! proclama Bouba, d'une voix rageuse.

— De toute façon, affirma avec fermeté le jeune représentant, on ne vous accorde pas le pouvoir de nous commander.

— Fi ! mon jeunet, de quel droit tu me dis cela ? Lorsque j'avais ton âge, tu portais encore un pantalon fendu !

— Si on veut que les autres ne sachent pas ce qu'on fait, la seule solution est de ne rien faire !

— Des mots dits, de l'eau versée, tu nous humilies déjà pour cent générations ! hurla Bouba.

— Un homme digne assume toujours ce qu'il dit, répliqua le jeune homme.

— De quelles preuves ?

— Les yeux du Soleil !

— Bon, laissons juger le Soleil.

La parole sortie de la bouche d'un Tong, le destrier ne pouvait la rattraper. Quand les Tong évoquaient le Soleil, ils faisaient appel à leur Dieu suprême. D'ailleurs, comme l'ancien chef de la tribu était mort, personne d'autre au village ne pouvait arbitrer cette affaire. Alors il fut nécessaire d'organiser la cérémonie de la juridiction sacrée.

Ce jour-là, selon la tradition, le père Bouba consacra beaucoup de biens pour inviter les sages du village à être témoins, puis un maître Tao de la Montagne-Aux-Trois-Épaules comme président de l'opération. Il acheta aussi beaucoup de cire végétale, du beurre, du riz et du millet.

Vers midi, lorsque le soleil monta bien au milieu du ciel, tous les villageois se rassemblèrent au bord de la rivière, les sages s'installant au cœur de la foule. On dressa une énorme marmite dans laquelle avaient été versés deux seaux d'eau, la cire et le beurre, on y jeta une hache sans manche.

Tout fut prêt quand, d'un coup d'épée, le maître Tao tua un coq, versa son sang dans un bol d'alcool, et souleva le bol vers le soleil. Puis il chanta d'une voix douce et mélodieuse :

Après avoir mangé, on tourne,
On tourne jusqu'à la porte du Soleil,
Après avoir bu, on part,
On part jusqu'à la maison de l'Astre.
Vous êtes priés d'écouter la vérité de l'histoire,
Vous êtes priés de tourner la tête
Pour voir l'origine de l'histoire.
Nous montons en haut de la montagne,
Nous invitons le tonnerre et le dragon,
Pour voir que l'eau coule toujours vers le bas,
Pour désigner le vrai héros des hommes [...]

Le maître alluma le bois sous la grande marmite, tout en proférant d'autres prières afin que le Seigneur de Tonnerre Rouge anime bien le feu, que l'eau bouillonne au plus vite pour brûler celui qui était de mauvaise foi.

Pendant que les flammes dansaient sous la marmite, le jeune Xang et ses supporters arrivèrent par l'autre côté, derrière leur maître de Tao, avec un grand canard, un seau d'eau froide, et quelques litres de riz. Aussitôt, le deuxième taoïste, après avoir tué le canard, se mit à chanter d'une voix aussi douce et aussi mélodieuse que celle du premier :

De la Terre vers le Ciel
Du Ciel vers la Terre
On vous appelle deux fois :
Êtes-vous à la maison ?
Chaussures aux pieds,
Chapeau sur la tête,
Parti du palais céleste,
Vous arrivez sur la Terre,
Dans la Montagne-Aux-Trois-Épaules,
Dans la Vallée de Tong,
Parmi nos villageois [...]

Le deuxième maître était en train d'inviter l'adversaire du Seigneur du Tonnerre Rouge, celui du Tonnerre Blanc, afin qu'il déploie ses forces magiques pour que le feu brûle moins fort et que le bouillon reste toujours tiède. Car, selon les légendes des Tong, le coq était un animal de feu qui plaisait au Seigneur du Tonnerre Rouge, tandis que le canard, l'animal de l'eau, enchantait le Seigneur du Tonnerre Blanc. Ainsi les deux maîtres se livrèrent à une joute acharnée, l'un pour le feu, l'autre pour l'eau, chacun déployant sa plus grande magie, dans l'espoir que la victoire soit de son côté.

Bientôt, l'eau bouillonna dans la marmite, l'heure du jugement du Soleil arriva. Les sages invités des deux côtés vinrent devant le jeune Xang, pour constater l'état de sa main et de son bras, et lorsqu'ils conclurent que tout était normal, les deux maîtres Tao proclamèrent ouverte la cérémonie sacrée.

La foule se tut et ne bougea plus. Dans un silence qui marqua la suprême solennité, on ne vit que le jeune représentant des villageois faire quelques pas vers la grande marmite puis, après un long moment de recueillement, il plongea son bras dans l'eau froide avant de remplir de riz la manche de sa chemise. Puis, d'un pas lent et ferme, de celui qui s'apprête à mourir pour défendre une cause noble, il s'avança jusqu'à la marmite, les yeux fixés sur l'eau qui bouillonnait, le sourcil froncé, le visage crispé.

D'un coup brusque, il lâcha tout le riz contenu dans sa manche, trempa la main au fond de la marmite et saisit la hache que le père Bouba avait jetée. Avec défi, il lança l'objet par terre avant de la chasser d'un vif coup de pied.

Aussitôt, la foule poussa un grand hurlement de soulagement, ou de terreur, et se dispersa — chacun rentrant au plus vite chez soi.

Le lendemain, à la même heure, tous revinrent sur place. Le jeune Xang tendait son bras nu au public, montrant qu'il n'était atteint d'aucune brûlure. Les villageois comprirent que le Soleil avait rendu la sentence : Bouba ne pouvait plus succéder à l'ancien chef de la tribu. Ce fut le jeune Xang qui, ayant gagné la plus haute estime de son peuple, était proclamé chef des Tong.

Quelques années plus tard, le jeune chef de la tribu fut marié à la fille du patriarche et eut par la suite son premier et unique enfant : Zé-Lain.

Père Bouba n'était pas non plus un homme sans

mérite. Avec un courage immense, il survécut à la honte. Au lieu de se donner un coup de sabre, comme beaucoup d'autres l'auraient fait dans un pareil cas, il chercha durant vingt ans une occasion de se venger. Mais le jeune Xang se dévouait aux villageois avec la plus grande droiture et une parfaite intégrité. Aimé de tous, il se comportait toujours d'une façon irréprochable, ne laissant jamais le moindre prétexte aux éventuelles reproches de Bouba.

Aujourd'hui, Zé-Lain avait perdu son corps au Fantôme-de-Mille-Ans. Sa tache de vermillon avait certainement disparu. N'était-ce pas une excellente occasion pour prendre la revanche sur son père ?

VII

Lorsque Xang fut de retour de son travail aux champs, derrière son buffle, il ne savait rien de ce qui s'était passé dans le village. Naturellement, personne ne vint l'informer du bruit qui courait. Zé-Lain dormait dans sa chambre, porte fermée. Le repas avait été préparé et gardé dans la chaleur au fond de la marmite. Fatigué, il avala sa nourriture sans chercher à sortir de la maison, bien qu'il eût déjà remarqué un calme particulier dans le village. Mais en cette saison des semailles, tous les paysans étaient fatigués de leurs travaux aux champs. Après avoir donné à manger à son buffle, Xang se coucha et dormit d'un trait jusqu'au petit matin. Quand les coqs chantèrent une troisième fois, il se leva et partit dans le champ du nord pour terminer son labourage. À midi, ce fut encore la petite Cinquième-Fleur qui lui apporta le repas. Jusque-là, il ne s'était douté de rien. Hier, la petite fille lui avait dit que Zé-Lain était malade et préférait rester toute seule dans la maison. Cela ne l'inquiétait pas du tout ; le fait que sa fille pût encore lui préparer si bien la nourriture, soir et midi, prouvait que sa maladie n'était pas grave.

Ce jour-là il finit son travail un peu plus tôt que

prévu. Le soleil se couchait déjà, il était trop tard pour aller dans un autre champ. Alors, accroupi au bout des sillons, il fuma tranquillement une pipe avant de rentrer à la maison. En traversant le bois qui bordait le village au nord, il éprouva un sentiment de malaise et de doute. Xang connaissait fort bien son fief. Sans avoir à parler à quiconque, sans même voir personne, il sentait qu'un tel calme prouvait que quelque chose d'anormal s'était produit. Pas une seule silhouette sur le sentier, pas une seule voix de femme criant après ses enfants, pas même une poule gloussant pour appeler ses petits ! Les oiseaux dans les arbres ne faisaient que pousser des pépiements plaintifs. Le vent ne soufflait pas avec la même légèreté, et les branches d'arbres ne se balançaient pas avec leur habituelle désinvolture.

Xang donna quelques coups solides de branchette à son buffle et accéléra le pas. À l'entrée du village, en haut de la pente, un homme se tenait debout qui semblait l'attendre : c'était justement le père Bouba. De loin, il aurait cru que son ancien adversaire lui souriait. Immobile devant Xang qui s'approchait, le vieil homme gardait la tête haute, les mains derrière le dos. Quoique l'âge lui fît légèrement courber le dos et fléchir les jambes, que les longues années de honte donnassent à son visage une expression un peu lugubre, Bouba gardait l'allure d'un homme puissant et fier de Tong.

— Oncle Bouba, tout va bien ? salua Xang avant d'arriver à sa hauteur.

— Les champs sont bien labourés, les coqs et les cochons sont bien nourris, répondit Bouba par la formule courante — sa voix conservant la forte virilité de celui qui demeure prêt à batailler.

— Aujourd'hui, tu as pris le temps de faire un tour de ce côté bas du village...

— Pour voir le chef.

Arrivé devant lui, Xang arrêta sa bête avant de remplir sa pipe qu'il offrit à son interlocuteur. Selon les coutumes des Tong, entre ceux qui s'étaient opposés, les vainqueurs devaient toujours un respect aux vaincus.

D'un geste digne, Bouba refusa la pipe. Fixant Xang de ses yeux, il demanda d'un ton solennel :

— Aujourd'hui, qui est le chef de notre tribu ?

— C'est moi.

— Et la parole de qui compte dans notre village ?

— La mienne.

— Si des vices sont commis ?

— Nous y passerons.

Xang sentit la gravité des choses au moment où son ancien adversaire refusa sa pipe, geste qui annonçait le défi. Mais en homme qui avait connu beaucoup d'épreuves de la vie, il ne manquait pas d'aplomb devant les questions agressives.

— Aujourd'hui, poursuivit Bouba, une jeune fille a perdu son corps, c'est la faute de qui ?

— Enfants mal élevés, fautes des parents.

— Et si elle n'a pas de mère ?

— Le père en est responsable.

— Et si...

Là, Bouba marqua un silence, comme s'il avait eu un instant d'hésitation avant de lâcher son couperet sur la tête de l'ennemi. D'autant plus que, entre-temps, quelques paysans rentrés de leurs champs s'étaient arrêtés autour d'eux. Les habitants des maisons voisines sortirent aussi, curieux de savoir ce qui se passait entre les deux hommes ennemis. Mais, aussitôt, Bouba se reprit et proclama d'une haute voix :

— Et si c'est ta fille ?

— Quoi ?

— Si c'est ta fille Zé-Lain qui a perdu son corps ?

Ce mot fut comme un grand coup de tonnerre au-dessus de la tête de Xang. Sa fille représentait ce qu'il avait de plus cher au monde. Depuis qu'il avait perdu sa femme, il ne vivait plus que pour elle. Jamais il ne pourrait tolérer un tel affront. D'un geste nerveux, il mit la main à son poignard fourré sous sa ceinture.

— Et alors, si c'est ta fille Zé-Lain qui a perdu son corps ? répéta l'autre, sans aucune défaillance. Lui aussi plongea sa main sous sa ceinture.

Les paysans restés autour reculèrent de quelques pas. Tous scrutaient leur chef avec un regard d'espoir : s'ils en arrivaient aux mains, ce serait la catastrophe de toute la tribu.

Avec de grands efforts, le chef Xang retrouva un peu de calme. Le visage gonflé de sang, il ne parvenait pas à sortir un mot. Cependant, Bouba ne cessait de vociférer, lançant des provocations.

— Personne n'a rien à dire sur ton comportement de chef, ni sur tes propres vertus. Or, chacun sait que tu gâtes trop ta fille ! Tu l'aimes, d'accord, mais qui n'aime pas ses enfants ? De là à la laisser faire n'importe quoi, jusqu'à perdre son corps, la fille du chef, et petite-fille de l'ancien patriarche… Cette honte-là, je pense que nous, les Tong, ne l'avons encore jamais connue. Puisque tu es le chef, tu devrais nous donner l'exemple…

La foule commençait à grossir. Il y avait même des têtes qui dépassaient des toits environnants. Quelques jeunes hommes, grands fidèles du chef, se concertaient du regard, l'air furieux. Deux ou trois autres, de la famille Bouba, se serraient derrière leur oncle. Tout le monde gardait la main sur le poignard. L'incident risquait de s'aggraver. Un seul regard de Xang déclencherait un bain de sang.

— Haie !

Brusquement, Xang leva sa main en air, ordonnant le calme. Puis, il fixa le père Bouba des yeux en articulant :

— D'où vient cette menterie ?

— Le Soleil a ses yeux.

Xang n'eut pas le temps de réfléchir qu'il proclamait, s'adressant à la foule :

— Demain à midi, quand le soleil prend son siège, qu'il examine la tache de vermillon !

VIII

Enfermée dans sa chambre, Zé-Lain ignorait totalement ce qui se passait à l'entrée nord du village. Avec l'impatience de celle qui attend la lune et les étoiles, elle avait enduré des heures de cauchemar veillant inlassablement sur le bol de vermillon où était trempé le couple de geckos.

Avec une lenteur de mort, le soleil s'avançait dans le ciel. Montant au-dessus des toits, des forêts et des rochers, il s'approchait péniblement des cimes de l'ouest. Prenant le bol dans ses mains, la jeune fille observa avec espoir et haine les deux pauvres reptiles qui trempaient dans la sauce pâteuse. Leurs corps avaient d'abord gonflé, puis, imperceptiblement, leurs cadavres s'étaient mis à rétrécir. Fanée depuis ce matin, leur peau se décolorait. De brun au noir, du noir au marron, une colle dégoûtante se dégageait doucement de leurs minuscules boutons noirâtres. La sauce de vermillon ne cessait de se transformer. Au fur et à mesure que le soleil progressait, la pâte devenait violette ; puis, elle tourna encore au noir, au brun, et même un moment au verdâtre. Enfin, quand l'astre déclina dans le ciel ouest, le rouge reprit le dessus, un rouge sans éclat, profond, tirant vers la couleur du sang coagulé.

Lorsque le soleil commença à grossir en haut de la Montagne-Aux-Trois-Épaules, la jeune fille n'en pouvait plus d'endurer son mauvais sort. Un pressentiment lui annonça l'arrivée de son père et lui ordonna d'agir au plus vite. Elle prit alors une plume comme elle avait autrefois entendu son grand-père expliquer la manière traditionnelle de tacheter les jeune filles. Un genou par terre, elle se mit à calquer son ancienne tache de vermillon.

Quel désespoir ! La tache rouge ne prenait pas ! Était-ce dû à la pâte qui n'était pas assez faite ou à sa peau désormais recouverte d'une couche de graisse invisible ? Autant de fois qu'elle s'en mit, autant de fois la pâte se détacha, ne laissant qu'une faible trace d'humidité, mais aucune empreinte de couleur rouge.

Ce fut à ce moment-là que la jeune fille entendit le pas brutal de son père.

— Zé-Lain ? cria-t-il dès qu'il franchit le seuil de la maison.

Dans le timbre de cette voix qu'elle connaissait si bien, la jeune fille comprit immédiatement que la catastrophe avait eu lieu. Mais elle était trop faible pour proférer un son. Écroulée par terre, elle ne savait où poser son regard, la plume toujours dans la main, le bol de vermillon dans l'autre.

— Zé-Lain, ouvre-moi !

Xang frappait à la porte. Homme robuste et ardent, il n'avait jamais été brusque avec sa fille.

— Pap... gémit la jeune fille malgré elle.

— Ça va mieux ?

Derrière la porte, la voix de son père semblait reprendre un peu de douceur.

— Heu...

— Je peux entrer ?

Il poussait déjà la porte.

— Si tu veux, papa…

Avec un grincement bref et aigu, la porte s'ouvrit en coup de vent : le père et la fille se trouvèrent face à face, hébétés. Devant la poitrine d'une blancheur éblouissante de sa fille, Xang ne savait où poser son regard. En un instant, il comprit tout.

— Papa.

Étrangement, le désespoir ou la résignation donnait à Zé-Lain une profonde sérénité. Elle ne cherchait même pas à couvrir ses épaules, effectuant un mouvement du torse vers son père, comme pour lui montrer son bras nu, là où aurait dû se trouver la tache de virginité. On aurait dit un enfant blessé présentant sa blessure à ses parents.

Tous les deux demeurèrent immobiles pendant un long moment, sans dire un mot.

— Papa !

Ce fut la jeune fille qui poussa un cri quand, lentement, Xang tourna ses larges épaules et, d'un pas chancelant, se dirigea vers la porte.

Le drame se termina plus vite qu'on l'avait imaginé. Le lendemain, l'examen par le Soleil de la preuve de pureté de Zé-Lain n'eut pas lieu : Xang s'était donné un coup de poignard dans la poitrine et mourut pendant la nuit. Selon la tradition Tong, le père Bouba ayant gagné le pari devint le nouveau chef de la tribu Tong, à l'âge de soixante-cinq ans. Pendant trois jours, toute la tribu vécut dans une atmosphère très tendue. Comme la Fête de l'eau approchait, les hommes s'enfermaient dans leur maison, tuant leurs cochons ou moutons pour préparer de grands repas ; ils évitaient ainsi de se fréquenter, de peur d'engendrer des malentendus et de provoquer d'autres incidents. Les femmes rangèrent les maisons, sortirent leurs plus beaux habits, se préparant à la plus grande fête de l'ethnie.

Pour l'enterrement de l'ancien chef, le père Bouba donna l'ordre d'organiser des funérailles en grandes pompes, afin de célébrer un homme dont il vantait la grande dignité. Dans une profonde tristesse, les habitants dressèrent des arcs en bambous depuis le village jusqu'au champ de tombes. Des lettrés venant de loin furent invités pour baptiser ces arcs : « Loyauté reste éternelle », « Os d'orgueil mais intestins dévoués », « Une mort digne vaut dix mille vies de déshonneur »... Ils fabriquèrent d'innombrables soldats de paille comme compagnons de mort, et firent exploser des pétards durant toute la journée de l'enterrement. Deux dames gardèrent Zé-Lain dans la chambre pendant dix jours, le temps de digérer son chagrin, estimait le père Bouba, et afin d'éviter un nouveau drame.

Durant les trois premiers jours, Zé-Lain n'eut qu'une seule envie : se donner la mort au plus vite. Mais les deux dames envoyées par le père Bouba la gardaient avec amour et fermeté, sans la laisser jamais seule. Elles mirent hors de sa portée tout ce qui pouvait la blesser physiquement. Sa seule possibilité était de pleurer ou de mourir de faim ! Mais la jeune fille avait hérité de son père une grande force intérieure, et pleurnicher comme une petite fille n'était pas son affaire. Au bout de trois jours, elle se leva et se nourrit normalement, comme si tout cela n'appartenait plus qu'au passé. Avec détermination, elle jura aux deux femmes de garde que, désormais, son esprit était ouvert sur le monde et que déjà était résolument exclue son idée de chercher le chemin bref : elles pouvaient disposer. Les deux gardiennes furent très étonnées de voir leur mission terminée si tôt, mais continuèrent à surveiller la malheureuse victime. Après deux ou trois jours d'observation, elles finirent par comprendre que Zé-Lain était une fille exceptionnelle, que sa force de vaincre le malheur était unique parmi les femmes Tong. Elles laissèrent la jeune fille vivre seule au bout du cinquième jour.

En effet, Zé-Lain, ayant rejeté loin d'elle toute tentation de suicide et se retrouvant seule, décida de venger son père. C'eût été trop facile de se donner un coup de couteau ou de sauter d'une falaise. Le sang qui coulait en ses veines n'était pas un ruisseau qui nourrissait la lâcheté. Si son père avait renoncé à la vie par dignité, elle, en revanche, devait survivre pour apporter la vérité devant les yeux du Soleil. Ainsi, les villageois, qui avaient tant aimé son père, pourraient un jour libérer un grand soupir après l'injustice. De quelle façon réussirait-elle à établir la vérité ? Pour le moment, elle n'en savait rien ; mais rester en vie était son premier devoir.

La première nuit qu'elle passa seule dans sa maison fut encore fiévreuse et tourmentée. Elle se coucha, après le repas du soir, selon l'habitude des montagnards, dès que la lune monta à la hauteur de deux perches. Épuisée, elle entra dans le pays des cauchemars et ne se réveilla qu'au milieu de la nuit, quand l'étoile du Grand Ours toucha presque l'une des trois épaules de la montagne. Elle resta un long moment éveillée et se livra à des réflexions saugrenues et désordonnées. La plupart du temps, ses pensées se déroulaient comme si son père n'était pas mort et, à plusieurs reprises, elle voulut l'appeler. Brusquement, elle se rendit compte qu'elle n'avait plus de père, ce fut à cet instant qu'elle sentit un gros chagrin lui piquer l'estomac.

Tantôt lucide, tantôt inconsciente, elle se retournait dans le lit quand, vers l'aube, un bruit de pas se fit entendre dans la cour, derrière sa fenêtre. Zé-Lain n'en fut pas tellement surprise, pensant que les gardiennes revenaient sûrement l'espionner. Sans bouger, elle ferma les yeux, voulant ainsi prouver sa tranquillité.

Les pas continuèrent à se faire entendre. Il traversèrent l'entrée de la maison, puis la pièce voisine, avant de s'arrêter derrière la porte de sa chambre. Elle voulait demander qui était là, mais un vertige la prit de l'intérieur et tous ses sens s'émoussèrent. Dans un dernier sursaut de lucidité, elle voulut se rendre compte si c'était un effet de la fatigue ou d'autre chose. Ce fut en vain : l'étourdissement était trop violent. Elle s'endormit tout de suite très profondément.

Cependant, au lieu de faire un cauchemar, comme cela lui arrivait si souvent depuis la mort de son père, une étrange couleur rose l'enveloppa cette fois dès qu'elle ferma les yeux. Une grande douceur traversa son corps, chassant toute peine et toute tristesse. De nouveau, un sang frais mêlé de passion et de jeunesse s'installa en elle. Malgré elle, un puissant désir jaillit au creux de son être, puis la brûla à chaque ouverture de son corps.

La porte s'ouvrit doucement; une silhouette entra

sur la pointe des pieds et resta quelques instants devant le lit de la jeune fille. Comme l'autre nuit, l'ombre tendit ses deux mains vers elle, et posa l'une contre son front l'autre sur son cœur. Subitement, Zé-Lain sentit une chaleur traverser sa poitrine avant de se répandre partout en elle. Ses os se ramollirent, sa chair devint frémissante.

Ce fut à ce moment-là que l'homme se mit à lui chuchoter des mots inaudibles. Au fur et à mesure que les chapelets de prières se détachaient de ses lèvres, la jeune fille se débattait dans le déluge du désir.

Doucement, l'inconnu s'allongea sur elle. Obéissant au même rite, il la suça par la bouche, les seins, avant de la pénétrer plus bas, se livrant au mouvement d'absorber sa sève, son sang.

Cette nuit, l'opération dura très longtemps.

Quand Zé-Lain se réveilla, le soleil imprimait déjà haut l'ombre des branches sur le mur de l'est. Il fallut à son corps toute la matinée et une grande partie de l'après-midi pour reprendre vie. Son premier mouvement, comme toujours, fut de rouvrir les yeux. Les rayons du soleil, inclinés, étaient encore trop forts et la blessèrent. La jeune fille ne trouvait pas encore la force de soulever les bras pour se frotter les yeux. Elle dut les refermer pendant quelques instants avant de les rouvrir.

Tout à coup, elle poussa un cri épouvantable : elle se souvint de ce qui s'était passé dans la nuit et, en même temps, remarqua la peau desséchée de son avant-bras. Rassemblant toutes ses faibles forces, elle se souleva. De ses mains tremblantes, elle ne pouvait s'empêcher de se toucher comme on palpe un corps étranger. Dégoûtant ! Le ventre, les flancs, les cuisses, les épaules, de partout pendait une peau de vieille femme telle un torchon froissé ; et, dessous, il y avait des os durs, des entrailles désagrégées ou même pourries. D'un mouvement brusque, Zé-Lain secoua violemment son corps, comme si elle voulait quitter ce tas de chair sale qui n'était plus à elle. Mais, pai une force élastique, la peau flottait obstinément autour d'elle, s'accrochant à elle. Elle aurait aimé arracher ces morceaux qui tombaient, mais, vraiment, l'énergie lui manquait. Déjà, une grande faiblesse la rejetait sur le lit.

Durant des heures, elle fut secouée de convulsions. Dans la nuit elle put enfin se lever de nouveau. Cette fois, la jeune fille semblait reprendre beaucoup de force et de calme, grâce encore à son caractère indomptable. Vers la fin de la journée, elle descendit du lit et, d'un pas mal assuré, alla jusqu'à la salle d'eau. Dans le miroir, elle se trouva un visage desséché, un regard troublé, des traces de larmes jaunâtres et des cheveux qui partaient dans tous les sens. Elle avait vieilli d'au moins vingt ans cette fois-ci.

Pourtant, Zé-Lain n'eut aucun geste de rage, ni de désespoir, ni même d'écœurement : elle ne fit que se contempler dans un silence de haine. Elle eut enfin un léger sourire aux coins de la bouche.

Depuis l'enfance, elle entendait parler du fléau du Fantôme-de-Mille-Ans. Filles ou garçons, quand ils n'étaient pas sages, quand ils ne mangeaient pas le reste du bol, quand ils refusaient d'aller dormir, les grands-mères les menaçaient toujours en disant que le Fantôme-de-Mille-Ans les dévorerait. La vieille rengaine se répétait tellement qu'aucun enfant n'y croyait plus. On continuait à rigoler, à faire le petit diable au milieu de la nuit, malgré les soupirs des grands-mères. Pourtant un jour les villageois s'étaient mis à raconter qu'une jeune fille du hameau Da-Shan était devenue vieille en une seule nuit et que le Fantôme-de-Mille-Ans lui avait pris son corps. Avec terreur et des détails exagérés, on avait développé une histoire folle ! Or, si beaucoup en parlaient, peu avaient vu la malheureuse victime, car le hameau Da-Shan se trouvait à l'autre bout de la vallée. D'ailleurs, la jeune fille en question avait sauté, un peu plus tard, dans un abîme. Cet horrible drame était devenu une légende de montagnards que peu de gens, notamment parmi les jeunes, mettaient en doute.

Aujourd'hui, Zé-Lain se souvenait de tous ces racontars. Peut-être existait-il vraiment ce fantôme de mille ans ? De toute façon, elle ne trouvait pas d'autres explications à ce qui lui était arrivé ; c'était la seule piste si elle voulait lutter et se venger. Malgré sa réticence, la jeune fille décida de découvrir « le rocher caché sous l'eau trouble ». Il fallait d'abord attraper ce fantôme, ou au moins en traquer les traces.

Comment faire ? Zé-Lain qui n'avait jamais cru à l'existence des revenants fut obligée de s'en remettre aux méthodes rapportées par de vieux mythes populaires. À l'âge de cinq ou six ans, son grand-père, alors patriarche, lui avait raconté que, d'après le grand maître Confucius, le fantôme n'était qu'un mauvais esprit, et qu'il avait peur des pensées positives. Autrefois des histoires racontaient que, souvent, des fantômes tenant du Yin descendaient et tombaient sur de jeunes lettrés faisant leur lecture nocturne. Comme c'étaient des intellectuels, ils n'avaient aucune force dans les bras, et ne pouvaient pas combattre ces spectres féroces. Pris de terreur, ils saisissaient un livre pour les frapper et, miraculeusement, les fantômes se sauvaient avec précipitation. C'était ainsi qu'on avait compris que les textes écrits, porteurs de l'esprit positif, étaient la meilleure arme contre les vilains revenants. Zé-Lain se souvint que, au temps de son grand-père, sa famille mettait toujours un signe de Yi-King derrière la porte d'entrée pour effrayer les fantômes noctambules. Ce fut après la mort du patriarche que Xang, chef hercule des Tong qui ne croyaient pas en ces superstitions, avait interrompu cet usage. Aujourd'hui, si Zé-Lain connaissait un si grand drame, n'était-ce pas à cause de ce non-respect de la tradition ?

Malgré un corps ruiné, la jeune fille n'avait pas pour autant perdu l'agilité de son esprit. Après toutes ces réflexions, elle décida de recourir à ce signe de Yi-King, en bois sculpté, qui était négligé depuis des années parmi les décombres de l'ancienne maison de son grand-père. Avec toutes les dernières forces qu'elle put rassembler, elle se traîna jusqu'à l'arrière-cour, là où elle avait repéré l'ancienne poudre de vermillon ; elle retrouva ce morceau de bois couvert de poussière et noirâtre à cause de l'humidité. Après l'avoir nettoyé, elle le plaça à son chevet, pensant qu'elle pourrait l'agiter dans la nuit si ce Fantôme-de-Mille-Ans revenait encore.

IX

Comme prévu, l'inconnu s'introduisit de nouveau dans la chambre de Zé-Lain.

Quand, du fond de son lit, la jeune fille entendit le bruit des pas arrivant derrière la porte, elle saisit le signe de l'hexagramme et le lança éperdument vers l'ombre qui franchissait le seuil.

— Aie ! s'écria l'inconnu.

Pourtant, au lieu de fuir, comme on le prédisait dans les légendes, l'intrus demeura devant le lit de la jeune fille et se mit à réciter des oraisons secrètes. La haine et la panique ne durèrent que pendant quelques courtes secondes dans l'esprit de Zé-Lain. Aussitôt après, elle tomba, sous l'effet des formules magiques.

Cette nuit, l'exécution érotique dura beaucoup plus longtemps, jusqu'à l'aube. Par vengeance sans doute, l'homme procéda avec une plus grande cruauté. Après avoir noyé la jeune fille dans un torrent de plaisir, il l'écrasa sous son corps lourd, puis la suça par toutes les ouvertures corporelles, sans oublier même les oreilles, les yeux et les narines.

Après cette hémorragie effroyable, Zé-Lain se transforma en une véritable dépouille, vidée de toute la sève de sa jeunesse. Néanmoins, lorsqu'elle se réveilla le lendemain à midi, elle n'avait pas encore perdu toute lucidité d'esprit. Dans le calme, elle s'efforça de se souvenir en détail de ce qui s'était passé. Elle conclut que l'histoire qu'on racontait à propos du Fantôme-de-Mille-Ans était fausse puisque la magie de l'hexagramme du Yi-King n'avait eu aucun effet. Il ne s'agissait donc pas d'un revenant, d'autant plus qu'il avait poussé un cri humain quand elle l'avait attaqué avec le morceau de bois.

Mais quelle était la vérité cachée derrière ce drame ? Qui pouvait être cet homme qui venait chaque nuit lui faire l'amour en lui suçant la vie ? Sans réponse, Zé-Lain fut perplexe et terrifiée. Tout à coup, au fond de sa déroute, l'idée lui vint qu'il lui fallait immédiatement quitter cette maison si elle voulait rester encore en vie.

Le soir venu, lorsque le soleil se coucha derrière la montagne et que la vallée sombra dans les ténèbres, elle se leva et, concentrant ses ultimes forces, elle partit de la maison en emportant le couteau de la famille, et quelques pièces d'argent que son père avait mises de côté. Par des ruelles étroites, sans se faire remarquer, elle sortit vite du village et pénétra aussitôt dans le bois.

À partir de ce moment, Zé-Lain se sentit véritablement perdue. Elle ne savait plus quoi faire ni où aller. De plus, les efforts qu'elle venait de faire en cours de route lui donnaient grand faim. À plusieurs reprises, elle défaillit. Une fois, elle ne trouva plus la force de se relever et resta un long moment par terre. Elle croyait que la vie allait la quitter pour de bon quand lui vint une idée qui la sauva : elle ouvrit les yeux et vit, juste devant elle, pointer deux énormes pousses de bambous dont les feuilles fraîches et tendres sentaient encore le parfum de la terre. N'était-ce pas le meilleur mets des montagnards ? À l'aide de son couteau, Zé-Lain les arracha et les avala sans trop se soucier du reste. Chose étonnante. Est-ce que son corps avait trop faim ? Les pousses de bambous qu'elle trouvait d'habitude banales lui procurèrent aujourd'hui une énergie étrange. Cette fraîcheur semblait venir directement du fond de la terre pour lui remplir doucement ses veines sans vitalité. Son sang se remit à circuler et ses muscles commencèrent à frémir. Du même coup, la jeune fille coupa et mangea d'autres pousses.

Après s'être ainsi nourrie, Zé-Lain retrouva la force de vivre et de penser. Elle s'assit au pied d'un bosquet de plantes et jugea qu'il était temps de prendre une décision pour le reste de sa vie. Où aller d'abord ? Il n'était pas question d'aller chez un de ses parents car, avec son corps de vieille femme, personne ne la reconnaîtrait ; en outre, les histoires les plus folles devaient en ce moment courir sur elle dans le village Tong. Fille de chef élevée dans la plus sévère tradition, Zé-Lain ne connaissait personne en dehors de son village. Ce fut à ce moment-là qu'elle se souvint brusquement que son grand-père, autrefois, lui parlait sans cesse d'un certain maître de Tao vers qui les habitants de la Montagne-Aux-Trois-Épaules se tournaient souvent pour les aider dans des cas difficiles. Ce maître portait un nom bizarre : Mao-Shan, qui devait désigner l'endroit où il pratiquait son art. On disait qu'il connaissait tous les secrets sous le ciel et possédait dix mille pouvoirs, si bien que, dans la montagne, dès qu'il y avait quelque chose d'étrange, on évoquait aussitôt le maître Mao-Shan. « Il faut aller dans le Temple de Tai-Bai pour voir maître Mao-

Shan... » ou « D'après ce qu'avait dit Maître Mao-Shan... » ou encore « Alors là, seul Maître Mao-Shan pourrait nous le dire... » Depuis la naissance de Zé-Lain, les habitants du village Tong avaient l'habitude de résoudre leurs problèmes de cette façon. Chose étrange, dès qu'on prononçait le nom de Mao-Shan, la situation semblait s'arranger. Cela devenait presque une incantation que les vieux Tong inscrivaient dans les affiches qu'ils posaient au-dessus de la porte d'entrée, ou à l'angle de la maison, ou à la bouche d'une ruelle très reculée, à tout passage probable d'un mauvais esprit. Pourtant, personne ne prétendait avoir vu ce Maître Mao-Shan en chair et en os, ni savoir où se situait le Temple de Tai-Bai.

Le dos contre les faibles tiges de bambous qui vacillaient, Zé-Lain songeait à ce maître magique et décida de partir à sa recherche. Seul un maître doté de tels pouvoirs saurait la venger. Mais où se trouvait ce Temple ? Est-ce qu'il existait ce temple de Tai-Bai ? Malgré ces questions qu'elle se posait, la jeune fille, pleine de rage, était prête à tout pour élucider ses malheurs et se venger d'une si grande injustice. Toujours de son grand-père, elle avait appris que Tai-Bai était aussi le nom de la première étoile à apparaître avant l'aube, et elle signifiait aussi l'est. C'est donc vers l'est qu'elle décida de se diriger. Zé-Lain commença son expédition dans la nuit même.

Nourrie principalement de pousses de bambou et d'autres fruits sauvages, marchant dans l'obscurité, la jeune fille Tong chemina durant plusieurs jours, allant toujours vers le côté qu'elle croyait être l'est : celui où le soleil et la lune se levaient, où le vent soufflait à l'aube, où l'écorce des arbres devenait plus fine et vers lequel, la nuit, les fleurs de tournesol se penchaient. Au début, le voyage fut extrêmement difficile. Comme la vallée où se trouvait son village s'étendait de biais entre l'épaule du sud et celle du nord, il n'y avait aucun chemin dans le sens est-ouest. Zé-Lain devait sans cesse monter sur le flanc ou descendre une pente. Elle se frayait un chemin parmi des buissons, des touffes de bambous en flèches, de gros cailloux entourés d'herbes sauvages et de profonds ravins. Aussi, il fallait éviter de marcher pendant la journée, ou trop près des habitations, et d'emprunter quelques rares sentiers qui existaient, car le risque était de tomber sur des montagnards qui l'auraient prise facilement pour un monstre et qui auraient créé un scandale. D'ailleurs, le plus grave était que les forces lui manquaient ; elle devait se coucher souvent par terre pour reprendre son souffle.

Tant bien que mal, Zé-Lain réussit à tenir quatre jours, et s'habitua peu à peu à cette longue errance. Fille de la montagne, elle savait où trouver des sources d'eau et connaissait toutes les manières d'éviter les animaux féroces. Comme on se trouvait au milieu du printemps, saison où les pousses de bambou étaient abondantes et très nourrissantes, elle acquit vite de la vitalité grâce à la sève de la fameuse plante.

Ce fut ainsi qu'elle franchit le sommet dit Tête du Tigre et celui de Croc de Loup. Maintenant, la jeune fille Tong estimait qu'elle se trouvait assez loin de son pays natal et osa enfin prendre des routes plus claires et se procurer de la nourriture auprès des paysans qui vendaient leurs produits au bord du chemin. Déjà, elle marchait beaucoup plus vite.

Une crise de désespoir éclata au bout du cinquième jour, avec le soir. En cette saison, les couleurs de la montagne devenaient de plus en plus vives, surtout au lever et au coucher du soleil. Des nuages rouges et noirs se transformaient dans le ciel bleu et trouvaient des formes miraculeuses. De fraîches feuilles de bambous, d'un vert tendre, s'agitaient sous le vent parmi les troncs tortueux de vieux sapins qui, eux, demeuraient immobiles et graves. Quelques oiseaux cachés dans le feuillage gémissaient d'un mal d'amour, tandis qu'en haut, bien rangées dans le ciel, des oies sauvages volaient, traçant le caractère qui signifiait l'homme... Marchant dans ce site féerique, la jeune fille Tong, qui d'habitude avait le cœur gai de ses seize ans, s'oublia un moment et se mit même à chantonner. Comme pour combler la beauté du paysage, un lac dont l'eau était extraordinairement pure et calme bordait le sentier et reflétait les lumières du ciel. Zé-Lain contempla la surface lumineuse du lac et s'enivra. Or, soudain, par un regard jeté au hasard, elle aperçut sa propre image à la surface du lac. D'un coup, tout en elle s'écroula. Un grand coup de désespoir l'envahit ; elle perdit presque connaissance. Zé-Lain resta longtemps couchée par terre ; même après son réveil, elle hésitait encore entre la mort et la vie. Plusieurs fois, elle décida de sauter dans le lac, mais, toujours au moment de franchir le pas, l'image de son père poignardé apparaissait devant elle. Les yeux du défunt, restés grands ouverts sans doute à cause de l'ultime douleur, semblaient réclamer une vengeance. Ce fut à cet instant-là que Zé-Lain comprit qu'on vivait plutôt pour les siens que pour soi-même. Alors, une dernière fois, elle jura de rester en vie, quelle que soit la condition, tant que son père ne serait pas vengé. Ensuite, elle passa toute la nuit à faire accepter par sa conscience une réalité : victime d'un drame étrange, elle vivait maintenant sous l'aspect d'une vieille femme, et elle devait être prête à se présenter ainsi au monde.

Le lendemain, elle trouva le moyen de passer devant un lac et plusieurs flaques d'eau : elle y jeta des petits cailloux ramassés le long du chemin.

La première fois qu'elle ouvrit la bouche pour demander son chemin, le choc fut moins fatal. L'écho de sa voix rauque et déchirée de vieille femme lui donna un pincement au cœur, mais lui fit prendre une décision importante : puisqu'elle était condamnée à survivre dans une vieille peau, autant jouer volontairement le jeu. Elle se métamorphosa : le ton, l'allure, la démarche, et aussi sa façon de parler. Ainsi, elle devint une vieille pèlerine et se donna un autre nom : She-Xin-Peh, Femme-au-Cœur-de-Rocher.

X

Dès que la jeune fille Tong se transforma en vieille pèlerine, son voyage devint beaucoup plus facile. Libérée de bien des soucis, elle traversait des villages, dormait dans des auberges rustiques, et croisait des paysans et des marchands de quatre-saisons. Se présentant sous le nom de She-Xin-Peh, elle prenait plus d'aisance à parler avec les voyageurs. Comme elle passait souvent la nuit dans des temples, elle avait aussi appris les manières de salutation des moines. Une fois même, elle passa dix jours auprès d'un moine pour le suivre dans ses offices sacrés afin d'acquérir les manières d'une religieuse.

Elle n'oublia pas de leur demander des informations sur le fameux temple où pouvait résider le fameux Tao Mao-Shan. Tous n'avaient qu'une réponse : à l'est, comme le nom Tai-Bai l'indiquait. Cela n'apprenait rien de plus à Zé-Lain qui, pourtant, ne s'impatientait pas et continuait son expédition sans relâche, comme si le fait d'avoir accepté la vieillesse lui avait donné en même temps la patience et la sagesse des personnes qui avaient vécu. Elle voyagea encore une trentaine de jours, jusqu'à la Montagne-de-La-Licorne-Céleste. Là, elle connut une étape tragique dans son voyage.

D'abord, les renseignements, qu'elle obtenait des voyageurs ou de petits marchands, trop vagues et même souvent contradictoires, commencèrent à décourager son entreprise : jamais personne n'avait entendu parler d'un temple de ce nom.

— Mais la renommée de Maître Mao-Shan est indubitable… marmonnait la fausse vieille pèlerine, désespérée.

— Cela est peut-être vrai dans votre pays, répondit un paysan du cru, mais chez nous on croit en Bouddha-au-Sac-en-Coton.

— Et qui est donc ce Bouddha-au-Sac-en-Coton ? demanda Zé-Lain.

— C'est un sacrilège de ne pas le savoir, s'étonna l'autre. Notre bouddha réside dans la Pagode-de-Neige, en haut de la Montagne-du-Cormoran-Déployant-Ses-Ailes, il connaît tous les secrets de la terre, et dès que nous avons un problème, on fait une prière en citant son nom…

Le paysan parla pendant un long moment des bienfaits de leur bouddha qui tant de fois avait sauvé les perdus, qui tant de fois avait prévenu les catastrophes, et qui tant de fois avait puni les coupables. La tristesse de la vieille pèlerine se transforma en soulagement, puis en joie : puisque le sacré Bouddha était si clairvoyant et puissant, il détenait sans doute la clé de son malheur ; puisqu'il avait un si grand esprit de justice, il l'aiderait sûrement à se venger.

— Alors, où se trouve exactement la Pagode-de-Neige ? se renseigna Zé-Lain.

— Là-haut, tu vois…

Fronçant les sourcils, le paysan ferma un œil et cligna de l'autre, en soulevant sa main rude pour indiquer l'une des épaules de la Montagne-du-Cormoran-

Déployant-Ses-Ailes, à l'emplacement qui représentait, vue d'en bas, la courbe de la gorge de l'animal.

La jeune fille Tong fut de nouveau en route, se levant tôt et se couchant tard. Tantôt, elle mendiait, tantôt elle se voyait offrir des nourritures par des paysans qui avaient l'habitude de faire l'aumône, mais la plupart du temps elle se nourrissait des pousses de bambou. Elle marcha encore une dizaine de jours, en suivant des indications qui, cette fois, lui montraient le chemin vers la fameuse Pagode-de-Neige. Or, comme on peut déjà deviner, le même drame se produisit : après de longues journées de marche et surtout d'escalade pour franchir des sommets successifs, plus elle approchait du sanctuaire recherché, moins elle en obtenait des informations précises et confirmées. Pour finir, elle perdit complètement les traces de la Pagode-de-Neige.

— Jamais on n'a entendu parler d'un bouddha de ce nom, répondaient les gens avec un autre accent. Ici on croit en Tao, en Maître Dih-Sha…

Ce fut là que la jeune fille Tong comprit le vieux dicton : « Jamais le même vent ne souffle au-delà de dix lieues. » Tous ces maîtres, bouddhas, seigneurs du ciel ou de la terre, n'étaient qu'inventions des paysans bornés du cru. Jamais elle ne trouverait aucun de ces dieux qui puissent l'aider.

Arrivée à ce point de sa recherche, Zé-Lain fut proprement désespérée. Partagée entre l'envie de mourir et celle de vivre, la jeune fille qui avait à peine seize ans, malgré son apparence de vieille, ne savait plus quoi faire, où se diriger et quand partir. Pendant qu'elle tournait en rond, dans la salle d'une petite auberge, elle se souvint tout à coup d'une phrase vague de son grand-père : « Homme monte en haut, l'eau coule en bas. » Elle ne comprenait pas du tout ce que cela voulait dire mais, avec une absurdité qui lui semblait adéquate à ce moment-là, elle décida d'escalader l'un des sommets qui se trouvaient en face, à l'ouest.

Sans aucun but précis, elle s'élança avec un courage sans précédent. Comme si elle se méfiait de tout le monde, elle ne demandait plus aucune information, mais ne se dirigeait que vers un seul point, le plus haut, toujours le plus haut. La première et la deuxième journée, elle traversa encore des villages et croisa des gens en route. Pendant les trois jours suivants, les voyageurs se firent de plus en plus rares, et tous chevauchaient des ânes. Le sixième jour, elle ne rencontra plus personne qui venait en sens inverse. Et au bout de trois journées de marche forcenée, elle arriva dans un lieu totalement sauvage : d'un côté un abîme sans fond, de l'autre un flanc couvert de broussailles sèches, parmi lesquelles se dressaient quelques arbustes tortueux, des rochers à l'aspect féroce, des bambous nains aux feuilles noires. À ce moment de la journée, le soleil couchant était particulièrement saignant, au fond d'un ciel trouble. Des coups de vent s'abattaient verticalement, du haut sur la terre, provoquant des grondements sourds et lugubres. Épuisée, la jeune fille se crut revenue à un temps antédiluvien.

Si, il y a deux ou trois jours, elle entendait encore les gémissements des oiseaux et apercevait les crottins des élans ou des traces d'autres animaux sauvages, elle ne rencontrait à présent plus aucun signe de vie, pas le moindre animal, ni le moindre insecte, même les plantes semblaient endormies et comme mortes. Sans doute était-elle arrivée à ce qu'on appelait une

« Cime extrême », appelée aussi « Sommet mortel ». Il n'y aurait donc plus de suite à son chemin, ni à sa vie.

Faiblement, elle se laissa tomber sur un gros rocher, face au ciel d'ouest d'où surgissaient des tourbillons rouges et noirs de nuages. Étrangement, elle n'avait ni faim ni soif; elle ressentait seulement un grand calme dans sa poitrine à cet ultime instant de la vie. Même le visage de son père défunt qui repassa devant ses yeux ne put ranimer sa rage habituelle. Peut-être, tout simplement, son corps était-il trop épuisé pour éprouver des sensations ou des sentiments. Pour une raison inconnue, la jeune fille Tong décida de rester ainsi immobile, les yeux grands ouverts sur les derniers rayons de la journée. Souhaitait-elle mourir ou réaliser le destin qu'elle s'était donné en adoptant sa nouvelle identité She-Xin-Peh, Femme-au-Cœur-de-Rocher ?

Soudain, un vent léger se leva dans la fraîcheur de la nuit. Une voix résonna dans le vide :

— Ah-Mi-To-Fo.

La voix semblait venir de haut. Effrayée, la jeune fille Tong n'osa pas bouger, croyant à une hallucination qui précédait la mort, quand la voix reprit avec douceur :

— Ah-Mi-To-Fo.

Zé-Lain reprit ses esprits et dut reconnaître la réalité de cette voix qui avait prononcé une formule des religieux de la montagne. Elle n'était donc pas toute seule dans ce coin désert. Elle leva la tête vers la direction d'où lui parvenait la voix et vit une silhouette assise en haut du rocher. À travers le rideau du crépuscule, elle la fixa pendant un long moment avant de découvrir un homme au crâne rasé, vêtu d'une robe dont la couleur était indécise en ce début de la nuit. Qui pouvait-il bien être ? Avec ses faibles connaissances de la montagne, Zé-Lain pensait à un moine vagabond, comme il en existait de grands nombres dans cette région perdue. N'était-ce pas la dernière paille que le ciel avait jetée à un naufragé ? Zé-Lain, sans perdre de temps, reprit ses manières de vieille pèlerine.

— N'est-ce pas du ciel que le grand maître m'est tombé ? Ayez pitié et la générosité de pardonner mon dérangement et recevez donc mes salutations ! dit-elle d'une voix tremblante.

— N'exagérons rien, répliqua l'autre d'un ton froid, je ne suis pas un grand maître.

Zé-Lain fut déconcertée par cette réponse sans chaleur, d'autant plus que le moine parlait avec l'accent des gens de la grande ville. Elle fit encore une courbette de tête avant de dire :

— Je vous prie mille fois de me gratifier de vos conseils.

— Je n'ai pas de conseil.

— Ayez pitié d'une vielle femme accablée par les malheurs de la vie, Maître…

— Une vieille femme… ha ! ha ! ha !

Le rire de l'inconnu résonnait fort entre les rochers nus, dans la nuit tombante. Zé-Lain se sentit totalement désemparée. Malgré le crépuscule, elle devina l'air dédaigneux de l'homme resté là-haut, immobile. Or, cette façon insolente de ricaner en une pareille situation transforma sournoisement le désespoir de la jeune fille en une colère sourde. Mais elle essaya de se contenir et d'engager une conversation possible : ce serait sans doute son ultime salut.

— Je connais le vieux dicton : « Homme noble n'ouvre pas facilement la bouche. » Mais je sais aussi que « Celui qui n'apporte pas de secours à quelqu'un en péril n'est qu'un homme minable ».

Le moine se tut quelques instants et sembla touché par ces phrases, qui avaient l'air profond et que la jeune fille Tong avait apprises de son maître lors de son dernier séjour dans un temple. Puis, il poussa de nouveau un petit rire en levant son visage vers le ciel.

— Désolé, je ne connais ni le sens d'honneur, ni celui de dignité. D'ailleurs, tu sembles si érudite qu'il me semble que personne ne peut te donner de conseil...

— Le Maître Suprême nous dit : « L'un des trois passants que je croise est sûrement mon maître. »

— Vous n'ouvrez la bouche que pour prononcer le mot maître, d'où vient cette manière de bonne société ?

Zé-Lain s'énerva pour de vrai. Toutes les sentences qu'elle avait apprises des pèlerins étaient épuisées et ce moine restait encore indifférent, ou même satirique, jouant de son malheur à elle. Zé-Lain qui n'avait plus peur de la mort ne pouvait supporter un tel affront et sa colère de fille de chef lui monta subitement à la tête. De toute façon, rien ne pourrait l'enfoncer plus avant dans le désespoir. Sa tête n'était plus très claire, en ce moment critique de sa vie. D'un coup brusque, elle se leva et saisit le moine par le bas de sa robe.

— Tu as vraiment l'esprit troublé ! Tu ne veux pas distinguer le bien du mal. Depuis un moment je te prends pour quelqu'un de valeur, et sans cesse tu te moques de moi. Descends donc !

En disant cela, elle tirait fort le moine par sa robe. L'autre resta un moment sans réaction, troublé sans doute par ce changement brusque de la vieille pèlerine.

— Mais…

— Descends !

En le tirant d'une main, Zé-Lain sortit de l'autre son couteau de famille. En voyant la large lame briller, le moine sembla avoir très peur et obéit sans protester.

— Calmez-vous, Madame, je descends.

Quand le supposé moine fut au sol, il devint une autre personne, ayant perdu son allure de religieux. Zé-Lain lui demanda de se prosterner devant elle, en guise de compensation de ce qu'elle avait fait pour lui. Sous la menace du couteau, l'homme se mit à quatre pattes en proférant une série de mots d'excuse.

La colère de Zé-Lain se calma un peu. Ce fut à ce moment-là qu'elle se rendit compte qu'il n'était pas aussi âgé qu'elle avait cru quelques instants plus tôt ; son front était lisse, ses yeux brillaient sous les derniers rayons du jour. Elle rentra son arme et dit d'un ton plus calme :

— Je n'ai pas cessé de t'appeler maître et de te saluer avec respect, n'est-ce pas ?

— Oui.

— Alors pourquoi joues-tu au plus malin avec moi ?

— Grâce, Madame, jamais je n'aurais osé.

— Tu dis que mes salutations ne sont pas sincères, pourquoi…

Brusquement, Zé-Lain se souvint de son allure et de son déguisement : cet homme avait-il le pouvoir de percevoir le mensonge ? Pendant qu'elle hésitait, il lui déclara :

— Pardonne ma franchise : tu n'es pas une vieille femme, ni une vraie pèlerine.

Zé-Lain ne voyait plus bien son visage à cause de la nuit.

— Comment le sais-tu ?

— C'est ma vision, répondit l'autre simplement.

— Quelle vision ?

L'homme attendit quelques instants avant de révéler :

— Pour dire toute la vérité, je ne suis pas un véritable moine, mais un nouvel élève du Temple-des-Nuages-Célestes, et je viens ici tous les soirs, avant le coucher, pratiquer mon art de la réouverture de l'Œil du Ciel. Tout à l'heure, quand tu es arrivée, j'étais dans mon état second et je venais d'avoir une vision : tu n'étais pas une vieille femme...

Zé-Lain ne comprenait pas tout à fait ce qu'il voulait dire, mais elle devinait que l'homme possédait le pouvoir de capter les réalités cachées. Peut-être connaissait-il déjà la nature de son malheur ? Une lueur d'espoir alluma une émotion subite dans sa poitrine.

— Tu connais toute mon histoire ? demanda-t-elle avec précipitation.

— Non, non, répondit l'autre, cela fait trop peu de temps que j'apprends l'art de la réouverture de l'Œil du Ciel. Si je peux traverser l'apparence, je n'atteins pas encore la profondeur.

Une déception gagna alors la jeune fille. L'homme semblait soupçonner le chagrin intérieur de Zé-Lain et dit d'un ton fraternel :

— Ton malheur doit être bien grand pour que tu prennes ce chemin du désespoir ! Si tu veux, je te présenterai mon maître dans le Temple-des-Nuages-Célestes, il pourra certainement trouver une solution à ton malheur.

Zé-Lain accepta avec reconnaissance la proposition de l'inconnu et le suivit aussitôt dans un chemin qui menait vers la profondeur de la montagne. On disait que Dieu n'aimait pas combler les gens dans leur bonheur, mais apportait généreusement de véritables secours à ceux qui se trouvaient au fond du désespoir. « Pourvu que ce soit vrai », dans son cœur, la jeune fille Tong ne cessait de prier…

XI

Comme la plupart des sanctuaires taoïstes, le Temple-des-Nuages-Célestes se cachait derrière des bois et des rochers. La jeune fille Tong réunit le reste de ses forces et marcha les dents serrées. Était-ce à cause de la hauteur, la nuit semblait avoir du mal à couvrir entièrement le ciel. Pendant longtemps, les cimes des bouleaux accrochaient encore des lueurs du coucher, tandis que les ténèbres s'entassaient en bas, parmi les buissons.

Sur le sentier sinueux où l'homme inconnu l'avait menée, Zé-Lain ne revenait pas de son étonnement : tellement la différence était grande entre le moine assis au sommet du rocher qui se moquait d'elle et celui qui marchait en ce moment à son côté, dans l'obscurité. Autant il avait été froid et désagréable, pendant l'exercice de son art, autant il devenait maintenant chaleureux et sympathique : il ne cessait de parler à la jeune fille Tong comme pour partager son inquiétude.

Il lui dit qu'il s'appelait Se-Fang, qu'il était originaire de Shan-Xi, et qu'il avait vécu effectivement dans une grande ville avant de venir ici. Tout cela n'intéressait pas énormément Zé-Lain, la seule chose qui lui tenait à cœur était de connaître la vérité sur cet art qu'il avait brièvement évoqué : que signifiait « la réouverture de l'Œil du Ciel » ? Zé-Lain décida d'attendre le bon moment pour poser sa question, mais Se-Fang lui annonça :

— Voici notre temple !

Sous les dernières lueurs du ciel, la jeune fille remarqua, sur un fond d'obscurité, quelques rochers dressés dont la face s'ouvrait par une énorme fente. Il n'y avait aucun signe de vie, ni la moindre lumière ni aucun bruit.

— Mon maître se repose déjà à cette heure-ci, dit Se-Fang en pénétrant à l'intérieur de la grotte.

Zé-Lain le suivit sans exprimer un seul mot. À l'intérieur, les ténèbres ne semblaient pas si profondes, et l'espace baignait dans une lumière étrange venue d'en haut. Ils traversèrent deux ou trois parois en roche qui séparaient les pièces et arrivèrent à l'autre bout de la caverne. Entrée dans une salle plus obscure que les autres, Zé-Lain sentit subitement une odeur sucrée. Ce fut à ce moment-là qu'elle se rendit compte qu'ils se trouvaient dans la pièce qui devait être la cuisine du temple. Aussitôt, la faim lui serra le ventre et ses jambes fléchirent de faiblesse. Zé-Lain n'avait encore rien avalé depuis le matin.

— Un banc se trouve sous tes pieds, dit Se-Fang d'une voix qui résonnait fort dans la pièce sans autre ouverture qu'un trou vers le ciel.

Après avoir tâtonné, la jeune fille fut heureuse de reposer son corps de vieille femme sur le banc, derrière une table. Une grande fraîcheur la saisit aussitôt.

— On ne peut pas allumer ? demanda-t-elle brutalement.

Se-Fang ne répondit pas et semblait en train de chercher quelque chose dans le noir ; Zé-Lain entendit un bruissement de feuilles sèches. Puis, très vite, il mit quelque chose sur la table.

— Des patates séchées.

Zé-Lain s'en saisit et les dévora.

— On ne peut pas allumer ? demanda-t-elle encore, la bouche pleine.

— Non.

— Pourquoi ?

— On n'a rien pour.

— Quoi ? s'étonna Zé-Lain, vous n'allumez jamais, la nuit ?

— Non, répondit le jeune élève Se-Fang. Avec l'art qu'on pratique, on n'a pas besoin d'éclairage.

— Toujours cet art de la réouverture de l'Œil du Ciel ?

— Exact.

— Mais, au fond, qu'est-ce que c'est ?

Le jeune moine Se-Fang resta un moment silencieux. Puis, en prenant une voix tout à coup grave, comme s'il ne pouvait parler d'un sujet aussi sacré et important avec légèreté, il fit un long discours en mêlant des termes mystiques à ceux de la religion, usant parfois des mots de gens de la ville auxquels la jeune fille Tong ne comprenait pas grand-chose.

— En résumé, dit-il, la Réouverture de l'Œil du Ciel est l'un des arts mystérieux que nos ancêtres avaient thésaurisés au cours de l'histoire, depuis plus de cinq mille ans. Comme son nom l'indique, il provient d'une conception particulière du monde et de notre corps. Pour la comprendre, il faut d'abord passer par les théories de nos anciens : quand on ouvre un livre de médecine traditionnelle, on voit que le corps humain est présenté par des lignes de méridiens et surtout des centaines de points nerveux. Chacun des points porte un nom précis, propre à la fonction des nerfs, à l'endroit où ils se trouvent dans le corps. Avec un peu plus d'attention, on remarque qu'un de ces points, situé en haut et au milieu de notre crâne, porte le nom de « l'Œil du Ciel ». Nos anciens affirmaient que l'homme, à l'origine, n'avait pas deux yeux, mais un seul œil en haut de notre tête. C'était une sorte d'ouverture plus spirituelle que physique, à travers laquelle l'homme communiquait directement avec le ciel et il perçait alors, sans entremise, le fond des choses. C'est au cours de son évolution ou plutôt de son histoire que l'homme a développé ses deux yeux qui lui permettent de voir les couleurs, les formes et le mouvement, mais qui lui cachent désormais la profondeur derrière les apparences.

»Cette théorie, à l'aspect délirant, se justifie par de multiples preuves que nous trouvons encore aujourd'hui dans notre corps. Tout le monde s'accorde à penser que la vie d'un homme retrace l'évolution de l'humanité et qu'un bébé représente notre corps à l'état origine. On trouve ainsi une explication significative de la fontanelle qui se trouve exactement à la place de « l'Œil du Ciel ». On comprend également pourquoi les grands-mères nous interdisent de toucher cette partie si tendre d'un bébé, car, si on la touche trop, l'enfant aura un esprit bouché. D'autres preuves sont en revanche plus simples : l'homme écarquille les yeux quand son esprit est hébété, mais il les ferme pour réfléchir afin de comprendre le fond des choses. »

Après avoir déblayé longuement le terrain avec ses explications, Se-Fang relata enfin la vérité du fameux art qu'il apprenait auprès du Maître Tien-Yan, le moine solitaire du Temple-des-Nuages-Célestes : avec des efforts continuels et de longues années, sous l'égide des expériences des ancêtres, l'homme pouvait rouvrir son Œil du Ciel et retrouver son pouvoir d'origine : voir loin et profond.

— Il faut, pour cela, refermer nos yeux d'apparence, ajouta-t-il à la fin de son discours.

Zé-Lain comprit alors pourquoi on n'allumait aucune lumière dans ce temple : si on fermait nos deux yeux d'apparence, l'ombre et la lumière étaient sans différence.

Se-Fang fut enchanté que la jeune fille saisisse si bien et si vite le sens de son exposé, il ajouta :

— On reste en accord avec les lumières de la nature. Chaque matin, avec l'aurore, mon Maître ouvre son Œil du Ciel. Tandis que moi, qui adore depuis l'enfance les lumières du coucher, j'ai choisi mes heures d'exercices avant la tombée de la nuit.

Plusieurs fois, Zé-Lain avait voulu confier à Se-Fang l'histoire de son malheur. Mais elle fut gênée de raconter toutes les scènes sordides dont elle avait été victime : comment aurait-elle pu expliquer ce qui lui était arrivé sans les évoquer en détail ? Cependant, l'homme en apprentissage du fameux art ne semblait pas curieux de savoir ce qui avait poussé la jeune fille Tong jusque-là. À la fin de son explication, il ne prononça qu'une phrase très simple :

— Demain matin, Maître Tien-Yan saura élucider ton histoire.

XII

Le soleil pénétrait par les fentes des rochers. Zé-Lain se leva en sursaut lorsque Se-Fang lui apporta le bouillon du matin. Sans avoir pris le temps de parler, elle avala son repas avec précipitation et, heureuse de cette chaleur agréable au ventre, elle demanda à Se-Fang de la conduire sans plus tarder jusqu'au Maître Tien-Yan.

Elle traversa un corridor formé par des parois rocheuses. Au bout, dans une salle, un vieillard somnolait assis sur un siège, fait de rocher, avec un dossier haut et raide. Il semblait attendre l'arrivée de la jeune fille Tong, car son élève, s'avançant de quelques pas, lui chuchota à l'oreille :

— Maître, elle est là.

— Toutes mes révérences, Maître, fit Zé-Lain d'une petite voix, sans savoir s'il fallait parler ou se taire.

Pas la moindre réaction de la part du vieillard. Après un long silence, il maugréa un mot inintelligible et hocha la tête.

Se-Fang fit un signe à Zé-Lain qui s'approcha et prit place dans un autre siège de pierre, en face du vieux maître. Ce fut à ce moment-là qu'elle put enfin voir de près ce vieil homme si mystérieux. L'étonnement la dérouta : elle avait devant elle un visage très étrange. Ce serait faux de dire que Maître Tien-Yan gardait les yeux fermés car il n'avait pas vraiment d'yeux. Sous son front haut et saillant, deux rides horizontales semblaient couper sa tête en deux parties, depuis la racine du nez jusqu'en haut des oreilles. Se souvenant de ce que Se-Fang lui avait raconté la veille, la jeune fille Tong ne pouvait s'empêcher d'observer le haut de son crâne : au milieu de rares cheveux blancs et longs qui flottaient, une peau lisse et rouge, très fragile, vibrait au rythme du souffle de l'homme : là devait s'ouvrir son Œil du Ciel.

Le vieux maître semblait en train de faire une prière interminable. Sauf un léger mouvement de respiration, qui lui soulevait le ventre, et un bredouillement continuel dans sa bouche sans dents, tout son corps se trouvait dans une immobilité complète, à tel point que Zé-Lain se demanda s'il s'était rendu compte de sa présence.

À ce moment, Se-Fang vint en silence et s'assit à son côté. Les mains ouvertes sur les genoux, il prenait aussitôt un air endormi. Il paraissait être redevenu l'homme désagréable d'hier soir. Lui aussi venait d'entrer dans un état second.

Il y eut un grand silence. Pendant que la jeune fille Tong attendait une parole, elle sentait que ses paupières s'alourdissaient et qu'au fond de son cœur, une sensation étrange la chatouillait, telle une corde tendue à travers ses entrailles.

— Je te vois dormir… et rêver, marmonna le vieux, balançant sa tête de l'avant à l'arrière, tu fais des rêves de nuages et de pluie…

Après encore un long silence, le vieux continua son rêve bruyant :

— Quelqu'un arrive... il entre dans la cour, il franchit le seuil de la maison, il va directement dans ta chambre...

— Est-ce le Fantôme-de-Mille-Ans ? s'écria Zé-Lain.

Brusquement, le vieux tendit son bras pour ordonner le silence. Cela avait dû le réveiller dans sa vision de l'Œil du Ciel car de nouveau il bredouilla une prière et mit du temps avant de retrouver l'usage de ses mots :

— L'homme se trouve devant la porte de ta chambre et... il récite des formules magiques...

Ainsi, d'étape en étape, le vieillard reconstitua tous les éléments de son malheur. Il n'était point question du Fantôme-de-Mille-Ans, tel que le racontaient les légendes montagnardes, mais d'un homme réel, en chair et en os, qui connaissait des formules magiques, et avait surgi dans la maison de Zé-Lain au moment de son rêve d'amour. Il avait ensuite exercé une force obscure qui avait paralysé la jeune fille afin de la souiller. Mais pourquoi Zé-Lain, une fois outragée, avait-elle perdu sa jeunesse ? Maître Tien-Yan pénétra encore profondément en lui-même pour trouver une réponse effrayante : le violeur connaissait non seulement des formules susceptibles d'enivrer les jeunes filles amoureuses, mais il possédait aussi un art très puissant d'absorption. En fait, parmi les trente-six arts mystérieux du Tao, il en existait un qui s'appelait celui de « l'Absorption de l'Univers ». Créé par un Tao anonyme de la Montagne Hua, cet art avait été renforcé et complété par la fameuse pratique de Py-Gou, venu de l'Inde dans le courant du deuxième siècle avant notre ère. Le plus extraordinaire phénomène de ce procédé est que son praticien trouvait le pouvoir d'absorber des essences vitales dans tout ce qui l'entourait sans passer par l'organe habituel : la bouche. Ainsi, on avait constaté que des êtres humains pouvaient rester pendant des mois, voire des années, sous la terre ou dans l'eau, sans manger ni boire. L'exemple le plus frappant était celui du Maître Ancêtre Ta-Meu qui, lui, était resté durant neuf ans face à un mur. On n'avait jamais compris ces phénomènes bizarres. Ceux qui avaient fait des recherches prétendaient que l'homme, en se mettant dans une certaine position ou en citant des formules particulières, ouvrait des voies mystérieuses dans la liaison de son corps à l'univers. D'autres, plus scientifiques, soutenaient que le praticien de cet art retrouvait l'état d'origine des êtres humains : celui de végétal qui aspire des substances nutritives par les stomates. Cette théorie était pourtant facile à comprendre lorsqu'on imaginait qu'une partie de notre peau pouvait avoir un jour la fonction de l'estomac, ou celle des intestins : si notre corps pouvait puiser des nutritions dans des nourritures qui passaient à l'intérieur, pourquoi ne pourrait-il pas en faire autant parmi les choses qui nous entourent ?

Cette explication suscita un grand désarroi chez la jeune fille Tong Zé-Lain qui ne put s'empêcher de poser des questions :

— On peut prendre la jeunesse des autres en pratiquant l'Art de l'Absorption ?

— Oui, répondit le vieux maître, jusqu'à un certain degré, le praticien peut acquérir le pouvoir d'absorber tout ce qui l'entoure.

— Ça alors ! s'exclama la jeune fille exaspérée, on me parle tout le temps de l'importance de la morale dans la pratique des arts taoïstes…

— En effet, dit Maître Tien-Yan avec une nuance de désolation, la morale compte beaucoup dans nos arts, mais elle ne fait pas partie de l'art lui-même. C'est-à-dire que les créateurs des arts doivent se doter d'une morale solide, comme les disciples qui héritent d'un art mais qui, en même temps, veulent le parfaire. Or, une fois devenues héritages, les clés ne constituent plus cette base morale que leurs auteurs ont acquise. Alors viennent des disciples ingrats et profiteurs qui exploitent ces arts. Pratiquer l'art de l'absorption pour prendre la jeunesse des filles amoureuses est sans doute plus agréable que de rester face à un mur…

Zé-Lain se mit à pleurer tant elle était consternée par cette vérité enfin trouvée. Mais après un court instant de désespoir, elle demanda :

— Est-ce que Maître peut me dire qui est ce misérable praticien ?

À cette question, le vieux taoïste hésita à répondre. De nouveau, il récita ses prières et plongea dans un état second, avant de se réveiller un long moment après :

— Ma fille, je n'ai pas le droit de révéler les secrets de mes confrères.

Zé-Lain ne se résigna pas :

— Si quelqu'un profite de l'art de Tao pour des malfaisances, Maître le considère-t-il toujours comme un confrère ?

— Évidemment non ! dit fermement le vieux maître.

— Alors, vous avez le droit de révéler ses crimes, n'est-ce pas ?

Le vieux Tao semblait perplexe devant cet argument et se mit à dodeliner sans cesse de la tête. Après encore un moment de bredouillement, il dit enfin :

— Au fait, rien ne m'empêche de te dire son nom, mais à quoi cela servirait-il ?

À ce mot, les yeux de la jeune fille brillèrent de rage :

— Oh, Maître ! si je suis restée en vie et venue de si loin pour chercher la vérité, c'est pour me venger et surtout venger mon père...

Maître Tien-Yan arrêta net son dodelinement et se tint immobile pendant quelques instants. Malgré son visage inexpressif, Zé-Lain devina une surprise chez le vieux.

— Tu veux dire que... prendre ta revanche contre ce grand Tao ?

— Oui, affirma Zé-Lain sans hésitation, mais pas contre un grand Tao car, qui que ce soit, je ne le considère plus que comme un criminel !

— Tu as raison..., marmonna le vieux.

Puis après une courte réflexion, il reprit avec plus d'intérêt cette fois-ci :

— Mais avec quels moyens te vengerais-tu ?

Zé-Lain se tut et ne trouva pas des mots exacts pour s'exprimer. Mais ses yeux crachaient des étincelles de haine et tout son corps tremblait de fureur.

— Avec toute ma vie, dit-elle rageusement.

— Cela ne suffit pas.

— J'oserai escalader la montagne de couteaux et descendre dans la mer de flammes !

— Cela ne suffit pas non plus, ma fille.

— Alors, avec ma mort !

— Non plus.

La jeune fille Tong ne tenait plus et explosa en sanglots. Le vieux ne bougeait pas, toujours imperturbable. Zé-Lain pleura puis se reprit. Elle s'avança d'un pas vers le vieux et se mit à genoux :

— Maître, donnez-moi des conseils. Moi, je peux mourir de désespoir, mais je ne pourrai pas laisser mon père mort sans le venger de l'injustice. L'univers est si grand, il y a bien un moyen...

Il y eut quelques frémissements sur le visage du vieux Tao. Une fois de plus, l'argument de la jeune fille Tong toucha sans doute son cœur. Durant un moment, il ne cessa de maugréer des formules inaudibles, comme par contenance peut-être. Puis, il dit très lentement :

— Lève-toi, ma fille : pour te dire la vérité, je suis très vieux, tellement que je ne me souviens plus exactement du nombre des années de ma vie. Depuis que je suis entré dans le Tao, je ne travaille que sur une seule chose : nettoyer mon cœur de toute émotion, car les sentiments rabaissent les êtres tandis que la raison les élève. Cependant, aujourd'hui, mon vieux cœur froid semble secoué, non par tes larmes, mais par ton amour pour ton père. Aussi, j'éprouve de l'admiration, car tu es bien la seule fille qui a eu cette force de survivre après un si grand malheur, et qui est venue jusqu'à moi. Alors, comme conseil, je n'ai qu'un seul à te donner : pour prendre des revanches sur un maître Tao, ni la vie, ni la mort, ni le courage ne suffisent. Comme nos anciens ont dit : œil pour œil, dent pour dent. La seule solution serait que tu te mettes à pratiquer l'art du Tao...

— Pas la moindre hésitation, affirma la jeune fille, les dents serrées, pourvu que Maître m'indique le chemin...

Maître Tien-Yan tendit de nouveau sa main pour continuer :

— Tu dois trouver le Grand-Maître-Avalant-Les-Rochers, dans la Montagne Hua. De qui tu apprendras l'art d'avaler l'univers, et lorsque ton art de Tao surpassera celui de ton ennemi, tes revanches seront prises.

Zé-Lain hocha gravement la tête et retint mot à mot ce qu'avait dit le vieux maître. Comme celui-ci ne prononçait toujours pas le nom de son violeur, elle estima qu'il ne fallait plus insister. À ce moment-là, elle vit le jeune moine lui faire signe de la tête. Elle s'avança jusqu'au-devant du vieux maître pour le remercier.

XIII

Après cette entrevue avec Maître Tien-Yan, Zé-Lain voulut se mettre tout de suite en route pour la Montagne Hua, alors qu'elle ne savait même pas où se trouvait ce mont sacré. Ce fut Se-Fang qui la retint en lui disant qu'une telle expédition exigeait de sérieuses préparations, car tous ceux qui avaient voyagé dans l'Empire du Milieu avaient prévenu qu'on ne mettait pas le pied avec légèreté dans un endroit aussi dangereux.

La jeune fille Tong ne l'entendit pas de cette oreille. Pressée d'apprendre l'art puissant du Tao, elle répliqua qu'elle avait voyagé jusque-là dans un état de grande faiblesse, maintenant que sa santé reprenait le dessus, et que, fille de montagne, elle connaissait toutes les ruses des bêtes sauvages, elle n'avait plus rien à craindre de la Montagne Hua.

— Tu dois savoir que les dangers ne sont pas forcément ceux que tu crois, ma petite sœur, avertit Se-Fang qui adopta une nouvelle appellation pour la jeune fille Tong, depuis que celle-ci avait décidé de pratiquer l'art taoïste car, en quelque sorte, il pouvait déjà la considérer comme une consœur.

— Quels sont-ils alors ?

— Les risques que tu as connus pour venir ici appartiennent à l'« extérieur », or les accidents qui t'attendent là-bas seront d'un ordre « intérieur ».

Cette réponse ne fit que troubler davantage la jeune fille qui implora plus de renseignements. Se-Fang lui révéla alors que la Montagne Hua était le berceau de tous les mystères du Tao. D'après ses connaissances, les détenteurs des trente-six arts secrets se proclamaient tous originaires de cet endroit : la géomancie, la divination par Ba-kouas, par Ma-Qian-Ka, l'art de lire les visages, l'art de la reconnaissance du rêve, le pouvoir de dévier la flèche par le regard, le rugissement du Tigre, le pouvoir de l'homme puceau, et toutes sortes d'incantations : les prières pour appeler le vent, celles pour faire tomber la pluie ; les formules pour marcher sur l'eau, celles pour traverser le feu, et celles pour échapper aux coups de sabre... La situation était d'autant plus compliquée que, depuis des milliers d'années, dans cette contrée profonde telle une énorme marmite où bouillonnaient tant de mystères, se multipliaient surtout toutes sortes de fausses sorcelleries et de charlataneries. Ainsi, entre les maîtres de différentes écoles, vrais ou faux, vieux et jeunes, il se passait maints désaccords, disputes, combats, règlements de comptes. Chaque jour, s'ensuivaient des alliances provisoires, des guerres de famille, des attaques invisibles, des contre-attaques dissimulées, des crimes et des vengeances, des vies anéanties et des morts ressuscités, s'y ajoutant des procédés bizarres, des pratiques erronées, des énergies perdues, et des âmes de mauvaises voies... Ainsi en témoigne le vieux dicton à propos des fameux quatre monts sacrés du Vieil Empire :

Le Tai le plus majestueux
Le Houan le plus surprenant
L'Emei en revient la plus élégante
Mais le Mont Hua reste le plus dangereux.

Après avoir entendu le jeune élève, Zé-Lain, qui n'était point têtue, se rendit compte de la gravité des choses. Pourtant, elle ne montrait pas le moindre air découragé et réclama d'un ton ferme de se livrer tout de suite aux préparatifs. Se-Fang qui devenait de ce fait le maître provisoire de la jeune fille n'épargnait pas ses efforts et, sous les instructions précises de Maître Tien-Yan, enseigna à Zé-Lain les connaissances et les tours les plus élémentaires afin qu'elle puisse se défendre en route : l'art de bien garder son âme au corps, les incantations pour chasser les mauvais esprits, les formules à réciter quand on marche sur l'eau, d'autres pour échapper aux flammes, des mots de passe devant les temples, des expressions propres destinées aux maîtres Tao ; puis des formes et noms de fruits à ne pas manger, des arbres sous lesquels il ne fallait pas s'asseoir, et tant d'autres signes d'aspect innocent mais riches de détours...

Durant un an et demi, en dehors des heures de repas et de sommeil, Zé-Lain ne fit qu'apprendre, réciter par cœur, puis elle mit en pratique tous ces savoirs, toutes ces choses qui lui étaient depuis toujours inconnues et demeuraient incroyables.

Cette année, l'été passa sans grands événements, à part deux ou trois orages. Un vieux sapin avait craqué sous la foudre. Après les fortes pluies, au-dessus des rochers qui formaient la paroi sud du temple, une sorte de mousse bizarre avait pourri, dont la couleur tirait entre le vert foncé et le rouge violet. Ce qui produisait un effet extraordinaire selon les différents éclairages du soleil. Durant la journée, où la lumière était crue, les rochers prenaient un ton rouge vif, alors qu'à l'aube et à la tombée de la nuit, une tache vert foncé apparaissait au sommet de la montagne. En dehors de tout cela, la jeune fille Tong ne sentit pas le temps passer, tant elle fut absorbée par son premier apprentissage des arts taoïstes. Quand arrivèrent les premiers vents d'automne, les préparatifs semblaient tous mis au point, et vint le jour où Zé-Lain dut faire ses adieux à Maître Tien-Yan et à son maître-frère Se-Fang. Ce dernier était devenu un ami cher ; durant le long apprentissage, il avait non seulement enseigné à la jeune fille des formules taoïstes de base, mais aussi un peu de lecture et d'écriture. Ce fut dans la peine qu'elle prit congé. Mais la volonté de venger son père dépassait tout sentiment et la jeune fille refusa de se laisser fléchir par l'émotion et la tristesse !

Elle se mit donc en route vers la profondeur de la montagne. Car, d'après l'indication du vieux maître, le Mont Hua se situait dans le prolongement de la chaîne appelée par les gens du cru « le Mont-du-Cormoran-Déployant-Ses-Ailes ». Certes, il existait une route praticable pour les véhicules modernes, mais elle se trouvait en bas de la montagne et faisait des détours trop nombreux. D'ailleurs, la fréquentation des commerçants sur cette route risquait de rendre plus compliqué le parcours de la jeune fille qui voyageait toujours sous son aspect de vieille pèlerine. Sur le conseil de Se-Fang, elle avait donc choisi le chemin le plus direct en traversant les chaînes montagneuses.

La première journée, Zé-Lain marcha vite et franchit l'épaule où se trouvait le Temple-des-Nuages-

Célestes. Après une légère descente, une piste tortueuse qu'on avait l'habitude d'appeler « intestin de chèvre » la menait au long d'une rivière dans un ravin peuplé de petits bois de bambous nains et d'arbustes. Puis elle arriva dans un petit village perché sur une falaise. Pour éviter les regards trop curieux des montagnards, la jeune fille Tong se déguisa cette fois en moine âgé. Un chapeau de paille sur le crâne rasé, une large robe couvrant son corps encombré encore de chair flasque, elle marchait d'un pas lourd, sans chercher à parler aux passants qu'elle croisait.

Ce fut en entrant dans le hameau qu'elle se rendit compte que le soleil s'était couché depuis un moment. La jeune fille se souvint qu'en cette première journée, sous l'emprise de l'excitation, elle avait parcouru un grand nombre de lieues sans sentir la fatigue. À ce moment, l'envie de continuer restait encore tenace, mais les forces commencèrent à lui manquer, une faiblesse engourdissait ses jambes. Elle décida de passer la nuit dans le village et de reprendre la route le lendemain matin.

Avec beaucoup de difficultés, elle réussit à se faire comprendre par les villageois qui, très hospitaliers, lui offrirent sur-le-champ de la nourriture et un coin dans une maison au sol de terre battue.

Le lendemain, elle partagea le bouillon matinal avec des paysans et reprit la route sans tarder. En sortant du village, elle longea de nouveau la rivière qui, après une ou deux lieues, commençait à se rétrécir considérablement ; le courant devenait de plus en plus violent, créant par endroit de petits vacarmes. Toujours sous cette apparence de vieux moine, la jeune fille marchait sans relâche. À partir du quatrième jour, le paysage changea brusquement. D'immenses colonnes de rocher, de couleur pourpre ou noire, se dressaient autour d'elle, tels des arbres tendus vers le ciel. Dès qu'elle pénétra dans cette forêt de pierre, la jeune fille fut aussitôt dévorée par des centaines de troncs rocheux. Comme la piste qu'elle suivait serpentait, elle avait l'impression que c'était les pierres qui bougeaient. Sans soleil, sans vent, l'atmosphère était de plus en plus lugubre. Enfin, disparurent d'abord le cours d'eau qu'elle avait longé, puis le sentier des intestins de chèvre. Les troncs de roche se multiplièrent encore et un léger brouillard flotta autour d'elle. Jusqu'à la tombée de la nuit, Zé-Lain ne trouva pas d'autres pistes, ni aucun signe annonçant une prochaine habitation. Cette nuit-là, elle dormit à la belle étoile et éprouva une grande tristesse en pensant à son ancienne vie de jeune fille, au village de son père. En cette saison d'automne, ses voisins étaient sûrement occupés à la moisson. Avec l'abondante pluie de cette année, les millets avaient dû pousser. Les bambous aussi. Ses copines se réunissaient chaque soir sous le toit de Grand-Mère Kio pour bavarder : qui avait appris une nouvelle façon de tricoter, un tel garçon tenait bien la charrue, un tel autre savait tisser des nattes plus jolies, quelle famille avait récolté plus de pêches, et quelle autre s'enrichissait en vendant bien ses pousses de bambou. Pensaient-elles parfois à Zé-Lain, la fille de l'ancien chef de qui elles avaient été longtemps jalouses ? Elle était morte à leurs yeux. Qui aurait pu l'imaginer encore vivante, perdue sur cette longue route de la vengeance ? Quand, entre les sanglots, se formula le mot de vengeance dans son esprit, la tristesse de la jeune fille s'évapora aussitôt et la haine resurgit au fond de son cœur. Alors, elle vit l'homme qui était venu la souiller en lui volant sa jeunesse. Elle se sentit portée soudain par un courage étrange et une force presque maléfique. Elle désira que la nuit passe le plus vite possible, que les épreuves de la route se multiplient ! Elle, fille loyale de Tong, prendrait sa revanche tôt ou tard, et coûte que coûte !

XIV

Le lendemain, avant que le jour se lève, Zé-Lain étira ses membres alourdis de fatigue et se mit en route avec obstination. Durant plusieurs jours, dès qu'elle éprouvait un sentiment de peur ou de tristesse, elle commençait à ruminer son malheur et sa vengeance. Ces pensées stimulaient son esprit et son corps.

Une à une, elle franchit les épaules de la Montagne du Cormoran-Déployant-Ses-Ailes et parvint, par un après-midi traversé d'un vent froid, de l'autre côté du plateau. Là, s'ouvraient un nouveau monde et une civilisation préservée de toutes les nuisances des temps modernes. Un cours d'eau s'élargissait peu à peu en torrent, le long duquel se dressaient de vieilles maisons en pierre. Les champs se coloraient de verdure, les plantes se dressaient sur de petits lopins de terre. Les sites qui bordaient le sentier rocheux devenaient très agréables au regard.

Après cette longue route parcourue, sauvage et déserte, Zé-Lain fut totalement excitée par ce nouveau monde. Quand elle observa le paysage, la première chose qui lui sauta aux yeux fut une rangée verticale de caractères anciens, tracés en gris et en rouge sur un rocher à l'angle d'une falaise : « Bouddha Ah-Mi-To du Néant du Sud ». Grâce aux mots anciens que son grand-père lui avait appris et à ceux qu'elle avait découverts auprès de Se-Fang, Zé-Lain put deviner la signification de cette inscription et comprit qu'elle arrivait dans une contrée de grande culture du bouddhisme.

Non loin de là où elle se trouvait, d'autres mots se profilaient, toujours dans la même écriture rouge écarlate : « Déesse Contemplant l'Univers du Néant du Sud ». Chose plus étrange : sous chaque rangée de mots, un grand nombre de brindilles sèches poussaient dans les fentes de rochers. Aussi, de temps à autre, un monceau de cailloux se dressait au bord de la route, qui gardait un aspect austère et mystérieux. Pendant que Zé-Lain contemplait ces phénomènes bizarres dont le sens lui échappait, des voix humaines arrivèrent jusqu'à elle à travers les collines couvertes d'arbres. Par bribes, elle discerna un dialogue en chant montagnard entre des filles et des garçons qui se courtisaient. Les chanteurs semblaient se rapprocher et, quelques instants plus tard, elle entendit plus distinctement :

D'abord, la voix du garçon, stridente :

Ohé —
Tu es une fleur de lotus à mille pétales
Épanouie au-dessus du lac doré,
Que j'aimerais devenir une abeille
Venir boire le miel au fond de ton cœur...

Puis, la voix de la jeune fille, plus claire aussi :

Ohé —
Pas de fleur de lotus

Ni le moindre pétale
Une petite herbe pousse au bord du rocher
En attendant le soleil et la pluie...

De nouveau le garçon, plus rude et plus emporté :

Ohé —
Un poisson enfermé dans le filet d'angoisse
Ne sachant si la fleur de lotus est prise
Par d'autres abeilles...

Zé-Lain ne comprenait pas toutes les paroles, à cause de l'accent, cependant son cœur fut emporté par cet air rustre et aigu, propre aux gens de la montagne. Elle se souvint de son village, quand un garçon et une fille se sentaient amoureux après une ou deux rencontres, ils cherchaient à partir travailler dans la montagne, chacun occupant un côté du ravin, puis ils se mettaient à dialoguer en chantant. Des fleurs, des lacs, des papillons ou des rochers devenaient le sujet de leurs chansons pour exprimer leur amour de façon détournée et allusive. Tant de fois, Zé-Lain, petite fille, avait entendu ces chants derrière sa maison, et tant de fois elle avait rêvé du jour où elle-même chanterait...

Elle se ressaisit à temps avant de s'écrouler encore une fois dans l'abîme du désespoir. Énergiquement, la jeune fille arrêta les flots de souvenirs et se concentra sur une seule idée : venger son père et retrouver sa jeunesse !

Elle reprit la marche et croisa un paysan d'une cinquantaine d'années, palanche sur l'épaule, serviette blanche nouée sur la tête. Zé-Lain se mit au bord du sentier et se tourna vers la falaise pour le laisser passer.

— Ah-Mi-To-Fou, dit-elle en le saluant, quand la personne passa derrière son dos.

— Ouhi ! ouhi ! répondit-il d'une voix aiguë et incompréhensible.

Sans tarder, Zé-Lain mendia un morceau de pain de maïs que les gens du cru avaient l'habitude de manger, et reprit la route vers l'est. La nuit la surprit, quand elle aperçut, loin devant elle, deux grands arbres dressés dans les nuages, annonçant l'entrée d'un village. La voyageuse accéléra le pas et pénétra dans l'agglomération avant la tombée complète de la nuit. Deux rangées de maisons basses bordaient une ruelle, au milieu de laquelle une bâtisse qui avait l'air plus massif que les autres portait une lanterne ronde au-devant de la porte. Quatre caractères brillaient sous la faible lumière :

« Éclairant les passagers pour la nuit ».

De près, Zé-Lain lit encore deux vers affichés près de la porte :

« Descendre dans l'auberge avant la tombée de la nuit
Observer le ciel est dès le premier chant du coq. »

Elle devina un petit hôtel et y entra sans hésitation. Deux vieillards à la tête ronde et à la barbe flottante veillaient à moitié endormis. Avec un accent, ils souhaitèrent la bienvenue au faux pèlerin et lui offrirent une soupe chaude en guise de repas du soir. En mangeant, la conversation s'engagea. Aux questions curieuses des deux vieillards, Zé-Lain répondit qu'elle était un vieux moine vagabond, à la recherche de la Montagne Hua. Les deux hôtes ne montrèrent aucune expression de soupçon devant le mensonge de la jeune fille mais, avec des hochements de tête dans tous les sens, ils rendirent leur hommage à celui qui consacrait sa vie à l'errance pour la seule recherche du grand esprit.

Ensuite, ils affirmèrent que cette région se trouvait déjà au début de la Montagne Hua. Taisant la moitié des choses, Zé-Lain leur raconta son voyage depuis le Mont-du-Cormoran-Déployant-Ses-Ailes, et leur demanda des explications sur les phénomènes étranges qu'elle avait croisés depuis ce matin. Les deux vieillards qui avaient toujours été en solitude furent ravis qu'un étranger s'intéresse aux coutumes de leur pays, et fiers de savoir que leurs connaissances restaient encore utiles, ils communiquèrent à la jeune fille Tong toutes sortes de coutumes et d'usages.

Les caractères anciens gravés en rouge sur la falaise étaient des traces laissées par de grands Tao ou des prêtres bouddhistes, lors de leurs derniers passages dans la contrée. D'autres voyageurs avaient, chacun à leur tour, inséré de petits bâtons en bois dans les fissures du rocher pour présenter les hommages et aussi reprendre l'esprit et l'énergie des ancêtres. Les vieillards précisèrent que beaucoup de voyageurs passaient par cette route chaque année pour aller en pèlerinage, dans la profondeur de la Montagne Hua. Parmi eux, il y avait ceux qui s'étaient trompés de fruit sauvage ou qui, par manque de chance, s'étaient vus arracher l'âme par des monstres Xiao, et qui avaient ainsi perdu la vie au bord du chemin. Alors, on les enterrait sous un monceau de cailloux, et ceux qui passaient après devaient immanquablement en ajouter un, en signe de chagrin solidaire.

Tout cela effraya la voyageuse déguisée. Cependant pris dans le mouvement du plaisir du bavardage, les deux vieillards se disputèrent pour savoir qui apprendrait à la jeune fille d'autres mythes de la région et surtout des consignes à observer quand on voyageait.

D'abord, la date du départ et celle de l'arrivée étaient décisives : il ne fallait jamais prendre le départ au septième jour d'une lune et jamais arriver à un endroit au huitième, ces deux moments étant maléfiques. Et quand bien même on avait choisi une date favorable, on devait faire attention à tous les présages : ton enfant tombe tout à coup et il n'arrête pas de pleurer ; ou, par hasard, tu casses une tasse de thé. Dans ces deux cas il faut reculer le départ d'un jour. Le rêve de la veille était aussi très important. Mais, généralement, on l'interprétait en inversant les événements : les cauchemars prédisent de bonnes aventures mais un beau rêve annonce plutôt des désastres. Si on rêve d'un cercueil, cela veut dire que la fortune t'attend, alors que la joie dans le pays du sommeil est signe néfaste. Quand on avait une conversation joyeuse avec ses amis ou parents défunts, cela portait malchance.

La terre et l'eau d'un autre pays que celui de notre naissance rendaient sûrement nos corps vulnérables, et très souvent malades. On ne devait jamais oublier d'emporter un morceau de terre de son pays natal sur soi. Cela guérissait du mal du pays.

Les voyageurs qui n'avaient pas de chance rencontraient un monstre qu'on appelait « Xiao montagnard » ; celui-ci arrivait souvent derrière un tourbillon de vent. Son corps se gonflait ensuite et devenait aussi gros qu'une maison, pour dévorer d'un seul coup le pauvre voyageur. Dès qu'on voyait son tourbillon, il fallait se dépêcher d'enlever ses chaussures et les jeter dans le ciel au moment où le corps du monstre se gonflait. Si on arrivait à lancer ses chaussures plus haut que la taille de la bête, elle se dégonflait et se sauvait derrière son vent. De même, beaucoup de vipères avaient le malin plaisir de se mesurer aux voyageurs qu'elles croisaient. Il fallait lancer aussi ses chaussures au-dessus de leurs têtes, sinon on se faisait attaquer.

Un autre danger pour les voyageurs était le miasme de montagne. De loin, on voyait des fumées, ou une légère brume qui répandait un parfum fantastique, tel que celui du riz gluant. Pour l'éviter, fumer du vieux tabac était une très bonne solution. De même si on portait sur la tête une vieille casquette brillante de croûte, d'huile et de sueur, cela chassait aussi le méchant miasme...

Le bavardage des vieillards dura très tard dans la nuit. Pour finir, ils affirmèrent que connaître le temps était aussi important pour poursuivre sa route dans la montagne. Voyant que le moine vagabond les écoutait avec intérêt, ils chantonnèrent une vieille rengaine pour prévenir la pluie :

La pluie arrive quand s'éclaircit l'horizon
Le beau temps revient lorsque se décante le firmament

Et une autre pour observer les nuages :

Nuages partent à l'est, chapeau de paille à la tête
Nuages vont au sud, on ne quitte pas son parapluie
Nuages restent à l'ouest, l'orage proclame sa fête
Et nuages font marche vers le nord,
Tous les voyageurs sortent au-dehors [...]

Zé-Lain les écoutait attentivement et retint une à une les consignes ainsi que les clés de chaque adversité prête à surgir durant son voyage. Puis, pour la première fois depuis tant de jours, elle passa la nuit sous un toit, bien au chaud, d'autant plus que la saison du grand vent semblait arriver déjà dans la montagne.

XV

Après cette longue soirée, Zé-Lain voyagea avec plus d'aisance et marcha plusieurs jours sans incident dans cette montagne pourtant reconnue comme dangereuse. Aussi, eut-elle le bonheur de se déguiser en moine âgé, car les habitants du cru observaient d'énormes respects envers les prêtres religieux qu'ils appelaient « porteurs de l'esprit ». Avec les formules élémentaires qu'elle avait apprises auprès du Maître Tien-Yan et de Se-Fang, et son visage sans âge, la jeune fille Tong passait facilement pour un maître taoïste d'un rang élevé, d'autant plus que, dans cette contrée perdue, les habitants se moquaient des deux dictons étranges qui circulaient parmi eux : « Le gingembre du coin n'est pas assez fort » et « Un moine venu de loin connaît mieux les arts du Tao ». Ainsi, durant la longue route, dès que la jeune fille Tong croisait un paysan ou un petit marchand, à peine avait-elle prononcé avec son accent lointain « Ah-Mi-To-Fu ! », la simple formule de salutation, que le paysan ou le marchand sortaient avec empressement leurs présents pour les lui offrir. Comme les villages se multipliaient, elle pouvait pratiquement passer toutes les nuits dans une auberge ou chez des bienfaisants.

Malgré la hauteur, l'hiver n'était pas rude dans ce pays du grand Sud. S'il y a beaucoup de vents dans la nuit, et de pluie au petit matin, la journée était en général belle. Le soleil sortait des nuages vers midi et chauffait encore bien la terre. Chaque jour, Zé-Lain reprenait la route dès que la pluie cessait et, sans scrupule, se dirigeait vers le sud, où on lui avait indiqué la profonde direction de la Montagne Hua.

Ce jour-là, elle s'avançait jusqu'à l'entrée d'une vallée et, vers midi, la route s'élargit avant de se séparer en deux : l'une avait l'air de monter, légèrement orientée vers l'est, tandis que l'autre, plus large, plongeait dans l'ouest, menant à une descente. Elle ne savait plus quelle direction prendre quand, soudain, elle entendit les sons très aigus d'un gong s'approcher derrière elle, accompagnés tantôt d'une clameur à voix basses d'hommes, tantôt d'un air mélancolique de flûte de roseau. La jeune fille Tong pensait qu'elle allait pouvoir se renseigner sur le chemin à prendre et attendit, tournée vers le côté d'où lui parvenaient les bruits. Peu de temps après, elle vit arriver six hommes qui portaient un cercueil couvert d'un drap rouge, surmonté d'une cage où était enfermé un coq. Un homme plus âgé ouvrait la marche en poussant des cris qui, semblait-il, rythmait les pas. C'était lui qui battait un petit gong à moitié caché dans sa manche. Derrière eux, quatre garçons marchaient les bras pendants, l'air triste.

Zé-Lain comprit qu'il s'agissait du transport d'un mort depuis l'endroit de son accident à son village. Comme chaque fois qu'elle croisait ce genre de convoi, elle s'écarta de quelques pas au bord du chemin, et joignit ses mains devant la poitrine afin de gémir une de ces prières qu'elle avait apprises dans la montagne de Cormoran-Déployant-Ses-Ailes.

Or, aujourd'hui, il se passa quelque chose d'étrange. Lorsque le groupe d'hommes passa devant elle, celui qui avait l'air du chef frappa brusquement d'un coup son petit gong et toute l'équipe s'arrêta à sa hauteur. Tous ensemble se mirent à genoux devant elle après avoir posé par terre le cercueil.

Prise au dépourvu, Zé-Lain baissa la tête sur ses mains tout en récitant sa prière, sans savoir quoi dire aux transporteurs funèbres qui, eux, tête contre le sol, ne se relevaient toujours pas et paraissaient attendre quelque chose du maître venu de loin.

Pendant ce temps-là, le chef n'arrêtait pas de donner des coups à son gong. Cela dura un assez long moment. Zé-Lain pensa qu'elle était entrée peut-être dans une nouvelle région où les coutumes étaient différentes. Zé-Lain commença à s'affoler, elle ne savait rien de ces signes.

Tout à coup, l'un des transporteurs, à genoux devant elle, poussa un cri épouvantable :

— Vous entendez !

Tous dressèrent les oreilles.

— Mais, vous entendez seulement !

Au deuxième cri, les hommes à genoux s'immobilisèrent quelques secondes. Puis, brusquement, ils poussèrent ensemble un cri strident :

— Seigneur du Ciel, le fantôme lui a pris le corps !

Ils sautèrent et prirent leurs jambes à leur cou. Les uns se dirigèrent vers la profondeur du bois, d'autres se cachèrent derrière des rochers. Même celui qui avait l'air d'être le chef se réfugia derrière un rocher. Seule demeurait la jeune fille Tong à côté du cercueil.

Ce fut à ce moment-là que Zé-Lain entendit un léger gémissement dans le cercueil. Un tressaillement de peur la parcourut, puis elle retrouva son calme.

Après tant d'événements, elle semblait ne plus avoir peur de rien, surtout des « fantômes » des légendes montagnardes. Elle attendit un moment et découvrit que le gémissement devenait de plus en plus fort à l'intérieur du cercueil. L'homme devait être encore vivant. Après une petite hésitation, elle approcha et cria d'un ton sévère :

— Tu es le fantôme de quelle route ?

— Hou, hou...

L'homme enfermé dans le cercueil ne semblait pas l'avoir entendue et continuait à pousser des plaintes. Zé-Lain répéta sa question quand celui-ci répondit entre son gémissement :

— Je ne suis point fantôme, et j'étouffe...

Zé-Lain ramassa un caillou pour défaire le couvercle du cercueil. Quand elle réussit à écraser une planche, le chef des transporteurs revint sur place.

— Il est encore vivant, dit Zé-Lain en jetant par terre le caillou.

Avec étonnement et frayeur, le chef de la bande s'approcha du cercueil et observa à travers la fente. On entendait plus nettement le gémissement.

— Len-Jian, c'est toi ? demanda l'homme âgé, la voix sévère, comme s'il grondait.

— Oui, oui, c'est moi.

— Tu me reconnais ?

— Tu es... hou, Oncle-La-Vieille-Neige...

— Bon sang ! hurla ce dernier, tu nous reviens, mais tu nous reviens !

Le chef sortit un marteau et se mit à attaquer le couvercle du cercueil. Il appela d'autres transporteurs dispersés. Très vite, le groupe se rassembla. Les uns aidaient le chef à ôter le couvercle, d'autres poussaient des cris de surprise. Après un moment d'agitation, ils découvrirent le corps couché dans le cercueil et lui donnèrent à plusieurs reprises de l'eau à boire, comme si c'était le seul remède pour faire revenir la personne défunte.

Zé-Lain entrevit l'homme qui n'était pas très âgé, tout au plus d'une quarantaine d'années. Il avait été sans doute blessé dans la montagne car la moitié de son corps était trempée de sang. Aussi, son visage était effroyablement pâle sous la lumière éblouissante du soleil. Lorsqu'il ouvrit ses yeux vides de regard, tout le monde eut un mouvement de recul.

— Il est vivant, dit Zé-Lain, d'une voix douce mais ferme.

À ce mot, les transporteurs funèbres se tournèrent vers elle, immobiles, les bras tendus le long du corps, comme pour attendre d'autres instructions. Zé-Lain pressentit que la situation devenait dangereuse et jugea qu'il valait mieux de ne pas trop s'attarder sur cet incident. Elle s'apprêtait à reprendre sa route, mais le chef du groupe s'avança jusqu'à elle et proféra d'une voix rude, un peu grossière :

— C'est grâce à votre puissance. Vous avez fait revenir mon neveu Len-Jian. J'ose demander votre titre...

Zé-Lain ne savait quoi dire : au moment où elle s'était déguisée en vieux moine, elle n'avait pas songé à se donner un titre ; d'ailleurs, elle n'avait rien fait pour ressusciter l'homme soi-disant mort. Elle pensait que, tout simplement, il n'était pas vraiment mort.

— Ici-bas, pauvre moine Shi-Xin, dit-elle tout de même pour sauver la situation.

Heureusement, elle se souvenait de son faux nom lors de son premier voyage : Dame-au-Cœur-de-

Rocher. En supprimant le mot Dame, cela revenait donc à Shi-Xin.

— Acceptez mes reconnaissances sans bornes, Maître Shi-Xin, dit le chef en faisant des gestes respectueux.

À ce moment-là, une scène complètement absurde se produisit. De loin, arrivèrent d'autres hommes hurlant, les uns chevauchaient des ânes, d'autres couraient derrière, tous armés de lances, de palanches, de perches de bambous, ou de faux. Ils crièrent à haute voix :

— C'est vrai ? C'est vrai ?

— Quel fantôme a pris le corps de Len-Jian ?

— C'est tout de même une si claire journée !

C'était sans doute les parents du mort, prévenus par l'un des transporteurs qui, saisi de frayeur, était parti au village. Lorsqu'ils s'approchèrent du cercueil, les transporteurs levaient tous les mains en faisant signe que non.

— Aucun fantôme n'a pris le corps de Len-Jian, il est revenu de la mort, leur annonça le chef de l'équipe.

La foule baissa les armes, bâtons et faux, l'air stupéfait, jetant des coups d'œil sceptiques sur le corps gémissant au fond du cercueil.

— C'est grâce à ce haut maître, dit le chef, en montrant Zé-Lain.

Ce mot sembla donner confiance aux nouveaux venus, parmi lesquels circulaient des chuchotements. Zé-Lain comprit tout à coup ce qui se passait : elle devait affirmer tout de suite que l'homme blessé restait encore vivant, sinon les villageois allaient le réduire en miettes, le prenant pour un revenant, un corps habité par un fantôme.

— Oui, il est vivant ! affirma-t-elle, l'air ferme.

Brusquement, une femme jeta sa pelle par terre et poussa un cri.

— Mon pauvre Len-Jian, mon pauvre fils Len-Jian qui n'a pas de chance…

En sanglotant, elle sépara la foule en deux pour se précipiter sur le garçon ressuscité.

Durant cet épisode, Zé-Lain n'osa pas parler, de crainte de dévoiler sa vérité propre. Les villageois, avertis par le chef du convoi funèbre, proclamèrent tous ensemble que Zé-Lain avait fait revenir le mort et que, sans aucun doute, elle était un grand maître venu de l'on ne sait quel chemin ! En poussant des cris bizarres de joie, la foule rapporta au village le corps vivant dans le cercueil même. En même temps, plusieurs personnes se mirent à genoux devant le faux Maître Shi-Xin et le prièrent d'accepter leur invitation. Ils représentaient sans doute les autorités locales et, parmi eux, Zé-Lain remarqua le chef barbu du convoi funèbre, deux vieillards qui avaient l'air de patriarches, et un ou deux hommes de la cinquantaine. La vieille femme, qui s'était précipitée tout à l'heure sur son fils ressuscité, retourna sur ses pas après avoir accompagné un moment la foule vers le village, sans admettre la moindre explication de la part de la jeune fille Tong. Elle s'agenouilla et saisit avec force le bas de la robe du maître :

— Pour rien au monde…

Zé-Lain ne voulait pas s'attarder longtemps de peur que d'autres incidents ne surviennent. Mais il lui était impossible de partir. Elle se souvint à ce moment-là de ce que les deux vieillards lui avaient appris sur les coutumes de la Montagne Hua : ainsi soumission valait mieux que politesse. D'ailleurs, l'après-midi était bien entamé, et elle ne savait toujours pas quel chemin prendre. Alors, elle se laissa entraîner vers le village.

XVI

Zé-Lain fut étonnée de voir qu'une agglomération pouvait croître dans une région tellement reculée de la montagne. Des centaines de maisons s'alignaient sur les deux berges d'une rivière. Elles étaient construites pratiquement dans le même style : la base en briques grises, mais le haut en bois. L'endroit devait être assez riche car les bambous étaient plus verdoyants et les arbres plus hauts.

La jeune fille fut introduite sur la rive nord de la rivière. La nouvelle avait sans doute été largement répandue dans le village et dès que le maître sauveur fit son entrée, accompagné des notables, tous les paysans arrêtèrent leurs travaux pour sortir dans la rue. Des femmes s'assemblèrent à l'entrée de chaque ruelle, bébé sur la hanche ou cuvette dans les mains, les yeux brillants de curiosité. Des enfants se mirent derrière Zé-Lain pour suivre la marche, en se bousculant les uns les autres. La poussière montait haut dans le ciel.

Zé-Lain marchait au milieu de la foule, d'un air assez réservé, sans jamais ouvrir la bouche. L'événement la dépassait et elle avait éprouvé quelque panique à plusieurs reprises, mais elle n'avait aucun autre choix que de continuer à jouer le rôle qu'on lui avait assigné. Elle finit par se tranquilliser au fur et à mesure qu'elle avançait dans la rue. Sa marche prit alors plus d'assurance, ses gestes devinrent plus naturels ; elle adressait des signes de tête aux villageois qui l'accueillaient en souriant.

Elle fut conduite dans une grande maison où on organisa aussitôt un banquet. On tua des cochons, des moutons et des poulets. On amena des jarres d'alcool. On fit même exploser des pétards.

À la tombée de la nuit, le repas fut prêt, et une trentaine de villageois se partagèrent en deux rangs, autour d'un long plateau. Zé-Lain fut installée au bout, à la place d'honneur. Sans trop de cérémonie, ni de formules de politesse, les hommes se mirent à manger et à boire, à la manière grossière des montagnards. En tant que moine, Zé-Lain devait observer un régime austère et n'avait pas le droit à la viande ni à l'alcool. Pour l'alcool, elle s'en passait volontiers, quant à la viande, ce fut avec beaucoup de peine qu'elle ravala son envie. Elle se consola en voyant les autres plats qui étaient tout aussi bien préparés, poisson et soja.

Pendant le repas, la jeune fille Tong déguisée en moine s'obligeait à rester muette et répondait aux questions par quatre mots : Ah-Mi-To-Fu ! Cela ajoutait encore plus de mystère à son personnage. Les villageois avaient tous un air de gratitude et se gardèrent bien de poser des questions au maître. À chaque fois que l'un d'entre eux soulevait un verre, il faisait une légère courbette de la tête en signe de respect envers Zé-Lain.

Cependant, malgré ce repas d'apparat, Zé-Lain remarqua que l'ambiance était loin d'être joyeuse, mais tendue et angoissée. Les hommes, qui avaient l'air si sincère et spontané, ne parlaient pas beaucoup et, contrairement aux coutumes de son pays natal, ne faisaient aucune plaisanterie entre deux verres.

— Grâce au ciel ! dit l'un.

— Seigneur du ciel nous protège, répondit l'autre.

Zé-Lain lisait bien une tristesse profonde dans les yeux et se demandait si cela n'était pas dû au mauvais sort du garçon qu'elle avait soi-disant sauvé. Pendant que Zé-Lain faisait son entrée dans le village, elle avait vu qu'on transportait le corps du mourant dans une autre ruelle, non loin de celle où elle se trouvait en ce moment. Elle pensait que cela devait être sa maison et qu'il était normal qu'on le ramenât dans son foyer, même s'il revenait de la frontière de la mort.

À la fin du repas, Zé-Lain décida tout de même de poser quelques questions sur cette histoire qui lui paraissait étrange. Elle se tourna vers celui qui était assis à sa gauche, au milieu du rang et qui, dès le début, avait l'air de commander les autres. Au moment où elle allait ouvrir la bouche, des cris aigus se firent brusquement entendre depuis la rue.

— Les Yang arrivent ! Les Yang arrivent !

En même temps, les bruits de pas faisaient bourdonner le papier collé des fenêtres. Il y eut un moment de silence mortuaire à l'intérieur de la maison. Tous les convives pâlirent et suspendirent leurs gestes, les baguettes en l'air et le verre aux lèvres.

— Aux armes ! ordonna le chef de la bande.

Sur ce mot, tous les convives abandonnèrent leurs couverts et, en un seul mouvement, ils se transformèrent en combattants, chacun une arme à la main.

Dans un fracas brusque, la porte d'entrée fut enfoncée et une trentaine d'hommes armés envahit la cour. Un grand garçon monta sur la large fenêtre et, de trois coups de sabre, fendit les treillis de bois en mille morceaux.

Les convives transformés en combattants braquèrent les armes, sans oser attaquer. Apparemment, ils étaient beaucoup moins nombreux que les envahisseurs, et leur désastre paraissait imminent dès que le combat commencerait.

— Sortez l'un après l'autre ! hurla le jeune homme sur la fenêtre, pointant son sabre sur la tête du chef.

À ce mot, le vacarme se calma un peu dans la cour. À l'intérieur de la maison, personne ne bougeait ni même respirait. L'atmosphère était si tendue qu'on pouvait la comparer à une grosse pierre suspendue à un seul cheveu.

— Sortez ou on vous tue ! hurla encore le jeune homme.

Il y eut encore quelques instants de silence. Tout à coup, le chef tourna la tête vers Zé-Lain et lui jeta un regard interrogateur. La jeune fille Tong fut totalement troublée par ce coup de théâtre, mais elle devina aussitôt la gravité de la situation. Sans avoir eu le temps de réfléchir, elle se leva calmement et tendit un bras vers l'homme debout sur la fenêtre.

— Descends de là et rentre ton sabre, dit-elle d'une voix ferme et sévère.

L'homme qui avait les pieds sur le rebord de la fenêtre était apparemment un garçon très jeune et téméraire. Sous le regard de Zé-Lain, il sembla perdre soudain confiance en lui-même.

— Qui tu es ? hurla-t-il en pointant son sabre vers Zé-Lain.

— C'est notre grand Maître Tao Shi-Xin qui arrive de loin, expliqua le chef.

— Il sait ressusciter les morts ! ajouta un autre parmi les gens de la maison.

— C'est grâce à lui que Len-Jian est sauvé.

Cela produisit un effet évident sur le jeune envahisseur qui, ne sachant quoi faire, tourna la tête vers la foule, cherchant un appui parmi les regards. Ses camarades, cloués d'étonnement, ne soufflèrent mot.

— Mais descends de là ! dit encore Zé-Lain, avec plus d'autorité.

L'ordre de la jeune fille eut un effet magique. Le jeune homme abaissa son sabre. Puis, sous le regard sévère du maître inconnu, il poussa un grognement avant de sauter dans la cour. Un long chuchotement circula parmi les attaquants, qui baissèrent tous les armes.

Zé-Lain s'avança jusqu'à la fenêtre et, consciente de son pouvoir, elle demanda aux hommes :

— Pourquoi êtes-vous venus perturber notre dîner ?

Cette façon courtoise de poser la question fit perdre contenance aux hommes armés. L'un d'entre eux répondit d'une voix de brute :

— Nous sommes les Yang ! les Yang !

— Et alors ? demanda Zé-Lain, dirigeant son regard sévère sur celui qui répondait.

— Ils sont les Meng !

— Maintenant, c'est nous les plus forts ! dit le garçon téméraire qui était monté sur la fenêtre.

— Nous voulons les têtes de tous les Meng ! ajouta un autre.

La situation paraissait très compliquée. Zé-Lain pensa que cela méritait de plus amples explications et, pour le moment, l'urgence était d'éviter une tuerie. D'ailleurs, connaissant mal les coutumes du coin, elle se sentit soudain pleine d'angoisse. Pour ne pas s'exposer inutilement face à ces brutes capables de tuer froidement, la jeune fille se souvint des leçons de son maître et parla d'une voix claire et neutre :

— Ici-bas, le pauvre moine Shi-Xing, élève direct du grand Maître taoïste Tien-Yan, en route pour le long pèlerinage au sommet de la Montagne Hua...

Pendant que la jeune fille Tong récitait ses titres plus ou moins vrais, les visages des Yang changèrent d'expression. Ils rangèrent d'abord les armes puis, l'air troublé, ils se concertèrent du regard afin de prendre une décision. Zé-Lain continuait :

— Trois cents jours de soleil et trois cents nuits de pluie, frayant des chemins dans les montagnes et bâtissant des ponts sur les eaux. Le ciel m'éclaire, la terre me soutient, et le vent m'emporte ! Les lumières de l'Univers sont devant, qui aurait les forces de les empêcher... Ah-Mi-Tao-Fu !...

Les hommes de Yang cédèrent sous ces phrases pourtant incompréhensibles. L'un d'entre eux s'accroupit, l'air accablé de remords.

— Grand Maître nous pardonne ! gémit-il.

Zé-Lain ne semblait pas l'entendre et continua son récit encore un bon moment. Les hommes des deux camps, les uns à l'intérieur et les autres dans la cour, se prosternèrent tous au sol. Zé-Lain arrêta son oraison et dit d'une voix toujours mystérieuse :

— Les Yang rentrent à la maison, les Meng restent chez eux.

À ce mot, les Yang, une trentaine de garçons téméraires, se relevèrent docilement et ramassèrent leurs armes avant de se diriger vers la porte, dans un ordre silencieux.

XVII

Ainsi, d'une manière totalement improvisée, la jeune fille Tong avait évité un massacre entre les deux clans. Ce fut après coup qu'elle apprit la vérité effroyable du drame qui se poursuivait depuis plusieurs générations dans ce village.

En vérité, tout avait commencé par l'histoire de la rivière qui sépare le village en deux. Depuis on ne sait combien d'années, la famille Yang occupait la rive sud tandis que celle des Meng se développait sur la rive nord. Il faut ajouter que les deux tribus étaient originaires de chasseurs et que, au fil des années, elles s'étaient transformées en cultivateurs de terre dans ce coin fertile de la montagne. Or, elles avaient aussi gardé leurs anciennes coutumes de chasseurs : la fierté chez ce peuple se reconnaissait surtout dans la puissance de tuer. Ainsi, tout en cultivant les champs qui leur rapportaient beaucoup, les jeunes n'arrêtaient pas de chasser des bêtes pour la viande mais pour la passion de tuer. À chaque fois qu'ils rapportaient un gibier, petit ou gros, ils gardaient le crâne dans un temple de la tribu qui constituait ainsi le registre de leur gloire. Comme preuve de puissance, si une tête de sanglier ou celle d'un taureau provoquaient des compliments, le crâne d'un ours ou celui d'un tigre valaient d'énormes fêtes pendant lesquelles le chasseur victorieux se faisait décorer comme un héros. Au début, les familles Yang et Meng s'aimaient bien et s'invitaient souvent lors de célébrations de ce genre, malgré des sentiments normaux de rivalité. Or, on ne sait depuis quand et à cause de quoi, la rivalité prit le dessus ; les Yang et les Meng cessèrent de s'inviter aux fêtes et les jeunes furent entraînés par compétition à tuer des bêtes de plus en plus puissantes. Aujourd'hui, la famille Yang ramenait un taureau, une fête de viande et d'alcool s'organisait au sud de la rivière; demain les Meng revenaient certainement avec un ours, et la célébration dépassait celle de la veille. Les Yang partaient chasser un tigre, tandis que les Meng attrapaient un lion. Les uns voulant toujours devancer les autres, jusqu'au jour où un jeune Meng tua un éléphant. Leur fête atteignit le comble : tous les Meng sortirent de leurs foyers et poussèrent la fête jusqu'au bord de la rivière. Des cris joyeux, des explosions de pétards, de feux d'artifice, une orgie de viande et d'alcool durèrent toute la nuit. Alors que, de l'autre côté du cours d'eau, les Yang sombraient dans un silence de honte et d'impuissance car, dans cette montagne, il n'y avait pas de bête plus grande que l'éléphant. Durant plusieurs jours, les Meng vécurent dans un sentiment de triomphe et passèrent leurs journées la tête levée en l'air. Les Yang supportèrent mal cet affront et cherchèrent à tout prix à se laver de la honte. Un jour, alors que le vent soufflait vers le côté nord, un jeune Yang, connu pour être téméraire, rentra dans le village au galop sur son cheval. Au lieu de passer par le chemin habituel du sud, celui qui était le plus proche de sa maison, il fit irruption dans la partie nord et traversa les ruelles des Meng sans ralentir. Le bruit des sabots attira l'attention des villageois et, avec frayeur, on vit qu'il portait dans ses bras un chimpanzé. Subitement, le village fut ébranlé par l'événement car, depuis toujours, les chimpanzés ainsi que les gorilles, et même les petits singes étaient considérés comme des animaux trop proches de l'homme ; jamais personne n'avait osé les tuer. Car si le combat contre une bête féroce, tel un tigre ou un lion, exigeait de la part de l'homme la force et le courage, tuer un animal sans méchanceté relèverait plutôt de la cruauté !

Ce soir-là, les Yang ne reprochèrent pas à leur jeune chasseur cet acte commis contre la tradition ; au contraire, ils se livrèrent à une fête particulièrement somptueuse, pour se libérer sans doute du sentiment de honte qui les avait si longtemps opprimés. À partir de ce jour, les relations entre les Yang et les Meng se dégradèrent d'un seul coup comme une grosse pierre tombe du haut d'une falaise. Si, auparavant, il n'y avait entre les deux tribus qu'un simple sentiment de rivalité, ou tout au plus une jalousie qui restait humaine, depuis la mort du chimpanzé, les choses tournèrent dans un sens plus sournois, qui se transmua en une véritable haine.

Quelques lunes passèrent, la tension continuait de monter entre les deux tribus, surtout parmi les jeunes. Mais ceux-ci semblaient se lasser de cette compétition absurde de l'honneur qui abîmait leur passion de la chasse. Bientôt plus personne ne ramena de bêtes sauvages. La situation avait l'air de se calmer lorsque, une nuit où un grand vent soufflait avec rage, les Meng se réunirent dans leur temple pour manger et boire jusqu'à l'aube, sans laisser percevoir la moindre manifestation de fête. Quelques jours plus tard, un bruit effroyable circulait sous les toits des Yang : dans le temple des Meng, le dernier crâne exposé était celui d'un homme !

Depuis ce jour, les deux familles cessèrent définitivement tout contact, la haine s'installant entre les deux rives. Les Yang jurèrent de ne jamais se laisser dépasser par les Meng, tandis que ces derniers se promirent qu'ils garderaient à tout prix leur primauté.

Un jour, malgré les sages conseils de leurs aînés, trois jeunes Yang, les plus impulsifs de la tribu, partirent dans la montagne pour se cacher dans des herbes au bord d'un sentier où passaient généralement des bergers ou des commerçants de la vallée. Ils attendirent jusqu'au soir et ramenèrent la tête d'un homme inconnu. Toute la tribu se réunit devant le temple. Ils trempèrent la tête de l'homme dans un grand vase d'alcool qu'ils burent à tour de rôle, en prêtant d'étranges serments et en proférant des jurons. Puis, ils enlevèrent la peau et la chair du crâne, le peignirent en doré avant de le placer sur le plus haut des autels du sanctuaire de la famille.

Ainsi commença une compétition de tuerie cruelle entre les Yang et les Meng. Or, la pire tragédie ne s'arrêta pas là car, si au début ils partaient dans la montagne pour attaquer les passants étrangers et rivalisaient sur le nombre de crânes récoltés, ils finirent un jour par s'entre-tuer : désormais, le triomphe d'un camp ne se mesurait que par l'exploit d'avoir décapité le chef de l'autre. Trente ans durant, combien de têtes furent coupées de part et d'autre de la rivière Ly qui coulait tranquillement entre les deux rives ? Tous les garçons intrépides furent sacrifiés, les plus vaillants étant les premiers.

Le jeune homme que Zé-Lain avait soi-disant sauvé avait été la victime d'un combat entre les deux camps. Il appartenait à la tribu des Meng et portait le surnom de Len-Jian, ce qui signifiait dans le langage du cru : l'épée téméraire, nom qui expliquait déjà en grande partie le drame.

Depuis deux générations, tous les mâles de la famille avaient été tués par les Yang. Cette année, son fils avait eu dix ans, âge qui, selon une habitude curieuse, autorisait le père à entrer dans la compétition de tuerie. Descendant des meilleurs chasseurs, il connaissait tous les arts de combat et manipulait les armes mieux que tout le monde. À partir des derniers jours de la sixième lune se termina la saison de récolte et commença celle de chasse. Il avait rapporté trois têtes de Yang. C'est à son dixième combat qu'arriva son malheur : ce matin-là, après avoir lancé sa dernière flèche, il se trouva encerclé par douze cavaliers Yang, chacun tenant une rapière à la main. Len-Jian n'avait pas peur et fonça vers l'homme le plus puissant du peloton qui, sans combattre, recula rapidement, alors qu'un autre Yang l'attaquait par-derrière. Len-Jian se retourna et se rua vers le nouveau venu quand celui-ci prit tout de suite le large. Il s'apprêtait à le poursuivre quand le premier revint sur ses pas. Alors, il se retourna de nouveau... Durant tout l'après-midi, il tourna ainsi en rond entre les douze hommes Yang.

Les Yang savaient que Len-Jian était un garçon d'une puissance hors pair, qu'il dépassait largement chacun d'entre eux. S'ils combattaient contre lui, ils se feraient tuer tous l'un après l'autre. Alors, ils adoptèrent la stratégie de l'énervement mental et de l'épuisement physique. Cette bataille élastique dura jusqu'au lendemain matin et Len-Jian tomba enfin de son cheval. Les Yang resserrèrent le cercle, mais aucun d'entre eux n'osait s'approcher du jeune homme qui, allongé par terre, poignard à la main, fixait de ses yeux brillants de rage et de désespoir ses ennemis. Alors, les Yang se mirent à lui lancer des cailloux. Au moment où le corps du jeune téméraire fut couvert d'innombrables blessures causées par les pierres, les Yang tous ensemble arrivèrent sur lui avec l'intention de récupérer la tête de celui qui les avait si longtemps marqués. Tout à coup, des hurlements de fureur grondèrent dans la vallée : les Meng arrivaient du village, hommes, femmes et enfants vidant leurs foyers pour porter secours à leur héros. Devant le nombre écrasant des adversaires, les douze combattants Yang prirent peur et s'enfuirent vers les hauteurs de la montagne. Comme le but du combat était de décapiter l'ennemi, les Yang n'avaient jeté aucune pierre sur le crâne de Len-Jian, ce qui expliquait le réveil inattendu du jeune homme dans le cercueil, présumé mort au combat.

Cette nuit-là, après l'incident survenu au cours du repas, les Meng ne rentrèrent pas chez eux pour dormir et tous restèrent auprès de Zé-Lain afin de lui raconter leur tragique histoire, en la priant de les aider dans le combat contre les Yang, compte tenu du pouvoir qu'elle avait reçu de son grand art taoïste. Tout en les écoutant, la jeune fille Tong se souvint d'une phrase de son Maître Tien-Yan dont elle avait ignoré le sens et qu'elle comprenait mieux maintenant : la plus grande force physique ne peut être dominée que par l'esprit, et souvent l'homme le plus téméraire reste le plus religieux de tous.

Ce fut alors qu'une bonne idée lui vint à l'esprit afin de se sortir d'une telle complication.

XVIII

Dès le lendemain matin, Zé-Lain mit une robe blanche aux rayures noires, l'habit témoignant de l'autorité d'un maître taoïste. D'abord, elle se fit conduire dans le temple de la famille Meng où elle put se rendre compte du caractère redoutable de la compétition : il y avait au moins une centaine de crânes exposés. Puis, usant de son prestige, elle réunit les chefs de tous les foyers Meng dans le temple. Après avoir récité des formules qu'elle avait apprises auprès du Maître Tien-Yan et donné ainsi à la réunion une ambiance sacramentelle, elle leur demanda d'exposer leurs raisons, dans ce terrible conflit qui les opposait à la tribu Yang. Alors, les Meng ouvrirent leur cœur, trouvant enfin un représentant du ciel qui voulait bien les entendre.

Zé-Lain adopta la façon la plus ancienne et aussi la plus pratiquée chez les Tong de résoudre les conflits : assise derrière une table, au milieu des personnes âgées de la tribu, elle écoutait les gens raconter leur histoire sans broncher. Cette attitude d'indifférence délibérée lui donnait un pouvoir accru. Comme autrefois son grand-père, elle posait sur la table une tige d'herbe d'environ trois pouces de longueur, chaque fois qu'un Meng fournissait un argument. À la fin de la journée, elle rassembla une soixantaine de tiges qu'elle enveloppa dans un tissu, sans prononcer un seul mot sur les arguments exposés.

Le jour suivant, elle passa l'unique pont de bois pour aller à l'autre côté de la rivière Ly, toute seule et toujours dans sa robe de cérémonie.

Les Yang s'étaient bien évidemment informés de ce qui s'était passé chez leurs adversaires, surtout après la tournure surprenante qu'avait prise l'attaque de l'autre soir. Rentrés chez eux, ils avaient cherché à savoir d'où venait ce moine taoïste, qui se trouvait mystérieusement à table chez leurs ennemis. Mais ils n'avaient rien su de plus à part que ce maître, d'une seule oraison, avait fait revenir de la mort Len-Jian, leur redoutable adversaire. Ils vécurent, alors, dans une sorte de perplexe attente et surveillèrent de très près ce qui se passait de l'autre côté de la rivière.

À peine Zé-Lain passa-t-elle le pont que la nouvelle fit déjà le tour des maisons des Yang. Chacun la guettait à travers la fente de sa porte : son allure légère telle une âme qui flotte, son regard brillant de conviction, son visage lisse cachant la vérité de son personnage, sa robe du Yin croisé dans le Yang, tel le jour éclairant la nuit. Tous les hommes Yang furent envoûtés par la présence de cet être mystérieux dans leurs ruelles.

Enfin, ils sortirent et le plus audacieux arriva au-devant d'elle pour lui poser la question :

— Vous êtes avec nous ou avec les Meng ?

— Ni avec vous ni avec les Meng, répondit-elle d'un ton doux mais ferme. Je suis avec le Ciel.

— Alors, on vous écoute, Maître.

De la même façon qu'elle avait procédé la veille

avec les Meng, Zé-Lain demanda à être emmenée dans le temple de la famille et, après une visite aussi effrayante que la précédente, elle ordonna le rassemblement des chefs de foyers devant lesquels elle sortit les petites tiges d'herbes tout en énonçant les arguments des Meng qui les accompagnaient. À leur tour, les Yang ouvrirent leur cœur, présentant leurs raisons et répondant à celles de leurs adversaires.

Toujours avec la même attitude détachée, le maître les écoutait, en jetant une tige d'herbe sur la table à chaque argument présenté. Puis elle passa la nuit sous le toit des Yang pour revenir le lendemain chez les Meng, amenant les raisons de l'autre côté de la rivière.

Au bout d'une dizaine de jours, Zé-Lain fit plusieurs aller et retour entre les deux rives et put ainsi verser sur les deux camps adverses toutes les haines accumulées depuis tant d'années. Lorsqu'elle jugea que les Yang et les Meng n'avaient rien à ajouter, et que tous étaient soulagés d'avoir déchargé leurs rancunes, elle convoqua un rassemblement de tous les villageois.

Ce jour-là, après une averse matinale, le soleil montait haut au-dessus de la vallée, au milieu de laquelle la rivière coulait bruyamment. Les Meng et les Yang se rassemblèrent pour entendre le maître donner son verdict.

Debout sur la planche de bois qui faisait le lien entre les deux rives, Zé-Lain prit son air hautain de moine taoïste. Visage légèrement levé vers le ciel, les yeux mi-clos, elle déclama d'une voix grave et chantante :

— Les dieux sur le Ciel, les déesses sous la Terre. Aux trois lumières, du soleil, de la lune et des étoiles.

Devant le pouvoir des vingt-quatre Seigneurs. Sous l'emprise des trois Divinités...

Comme par hasard, le vent se mit à souffler de plus en plus fort dans la vallée. De gros nuages noirs arrivèrent par-dessus les sommets et couvrirent le ciel avec une rapidité étonnante. Ce changement brusque du temps donna un effet particulier à l'oraison de la jeune fille déguisée en maître taoïste, tout comme si elle agissait en accord avec le ciel. Imperturbable, elle proféra d'une voix sévère :

— Les coupables seront mordus par des serpents dans la montagne, dévorés par des tigres dans la vallée, noyés dans la rivière, brûlés dans leur maison, foudroyés par l'éclair, écrasés par des rochers...

Des deux côtés de la rivière, les villageois prirent tous peur. On vit leurs visages pâlir, les plus téméraires devenant les plus craintifs. Ceux qui avaient tué abusivement tombèrent à genoux, la tête contre le sol, d'autres les suivirent. Les femmes se mirent à sangloter.

— Le Ciel l'a ainsi voulu ! poursuivit Zé-Lain. Dès aujourd'hui, les Yang et les Meng ne toucheront plus à leurs armes, et détruiront leurs temples où s'entassent les preuves de leurs crimes effroyables ! Ils vont construire un temple en commun où s'élèvera le Seigneur de la Bonté, et un pont en pierre sur la rivière Ly qui liera les deux familles en une seule ! Dès aujourd'hui, les Yang et les Meng oublieront leur haine du passé et se réconcilieront pour devenir de bons amis...

Les villageois avaient de plus en plus de mal à retenir leur émotion, les hommes et les femmes se mirent à pleurer sans retenue.

XIX

Durant trois jours et trois nuits après cette scène miraculeuse, tout le village fut en émoi. Selon les instructions du nouveau maître tao, les Yang et les Meng brûlèrent les anciens temples, jetèrent en l'air leurs soi-disant registres de gloire. Les plus courageux et téméraires partirent les premiers dans la montagne pour couper des arbres afin de construire ensemble un gigantesque temple, en faveur du Seigneur de la Bonté, comme avait ordonné la jeune fille Tong, considérée maintenant comme le messager du Ciel.

Quand le temple fut construit et que la statue du Seigneur de la Bonté fut érigée, Zé-Lain demanda aux chefs et notables des deux clans de passer dix jours et dix nuits dans le temple, afin de se familiariser. Elle leur apprit les formules simples de prières, choses qu'elle avait acquises dans le Temple-des-Nuages-Célestes. Cette nouvelle pratique religieuse semblait plaire aux villageois qui avaient si longtemps vécu dans des sentiments d'horreur. Leur zèle envers le Ciel et la Bonté s'embrasait rapidement. Ils ne s'oubliaient pas non plus dans leur prière. Ainsi, commençaient-ils à goûter la paix. Les Yang et les Meng se fréquentaient chaque jour davantage et plus personne ne semblait songer à la violence du passé.

Très vite, Zé-Lain se fit aimer par les paysans. Elle continuait à dissimuler les véritables motifs de son voyage et pensait qu'elle quitterait le village le jour où elle aurait laissé tout ce qu'elle savait des pensées et arts taoïstes. N'était-ce pas aussi une bonne manière de remercier Maître Tien-Yan et sa religion ? Elle projeta de passer tout l'hiver à enseigner le taoïsme.

Or, vers le milieu de l'hiver, les choses qui allaient si bien prirent tout à coup une tournure surprenante. Conformément au comportement des chasseurs téméraires, les gens agissaient comme l'ouragan. S'ils se passionnaient pour quelque chose, c'était tout de suite et si, au bout d'un certain temps, ils changeaient d'avis, les conséquences étaient immédiates. Ce fut ce qui arriva au nouveau temple fondé par le moine tombé du Ciel. Au bout de trois mois, l'excitation de la nouveauté retombée, les paysans se désintéressèrent brusquement du temple du taoïsme. À la fin, lorsque les premières neiges tombèrent dans la vallée, il ne restait plus que quelques vieux sages qui le fréquentaient. Comme il n'y avait plus rien à faire dans les champs et que la saison était excellente pour le gibier, presque tous les jeunes reprirent leurs armes et partirent à la chasse. La rumeur se mit à circuler que la vie religieuse n'était que fadeur et mièvrerie, alors que les combats étaient passionnants et héroïques ! Au fond, les villageois étaient des chasseurs et leur raison de vivre était de tuer. Chaque crâne autrefois exposé représentait un bout de l'histoire de la famille, portait des souvenirs émouvants d'un ancêtre. Aujourd'hui, absurdement, on devait vénérer un bonhomme en terre, soi-disant « Seigneur de la Bonté », qui n'avait rien à voir avec la tradition des chasseurs. La rumeur s'amplifia : le nouveau maître taoïste fut accusé de sorcellerie et de traîtrise, d'être un homme châtré qui n'avait ni origine ni provenance, et qui n'était qu'un revenant du huitième enfer sous la terre. Sous la pression de telles paroles, ceux qui fréquentaient encore le temple de Zé-Lain se firent de plus en plus rares.

Zé-Lain fut bien sûr mise au courant de ces rumeurs. Elle se sentit alors profondément attristée par l'ignorance des paysans et s'inquiéta du destin des villageois qui risquaient de se livrer bientôt à des batailles cruelles comme auparavant. Impuissante, elle pensait que le ciel l'avait ainsi voulu et qu'il était temps de reprendre la route. Comme on se trouvait en plein cœur de l'hiver et que la neige tombait trois jours sur cinq, elle jugea qu'il valait mieux attendre les premiers jours de printemps.

Une nuit où l'orage éclata et réveilla la jeune fille Tong qui dormait toute seule dans le dortoir du temple, la porte d'entrée s'ouvrit dans un fracas brusque, une ombre d'homme entra dans la pièce et se précipita sur elle.

— Qui… ?

Avant même qu'elle ait eu le temps de pousser un cri de secours, l'homme mit la main sur sa bouche, la prit dans ses bras et l'emporta hors du temple.

C'était un homme sans doute très fort car, dans ses bras, le corps de la jeune fille ne semblait pas peser plus lourd qu'une feuille d'arbre. En quelques grandes enjambées, il courut vers l'arrière du temple où il mit rapidement ses skis, puis il partit dans l'univers blanc de neige tel un éclair noir.

Zé-Lain n'avait pas perdu conscience bien que le bras de l'homme la serrât très fort. Elle n'avait pas cherché à hurler ou à se débattre et demeura silencieuse lorsque l'homme ôta la main de sa bouche au bout d'un moment. Depuis qu'elle était devenue moine tao, elle avait appris à réagir avec calme devant la violence. D'ailleurs, rien ne valait mieux que de se résigner à son destin. Elle se laissa donc emporter vers une destination inconnue quand, tout à coup, elle vit des flammes monter très haut dans le ciel, derrière eux, dans la direction du village.

L'homme l'emmenait à travers des forêts et des rivières couvertes de neige. Après un long chemin, il entra dans une grotte et laissa enfin la jeune fille par terre. Là, Zé-Lain pensa qu'il allait lui arriver la pire des catastrophes et elle s'attendit à un coup de sabre ou à être tout simplement étranglée. Or, encore une fois, l'histoire prit une tournure étrange, elle entendit l'homme hurler de sa voix brutale :

— Mille merci ! Dix mille merci !

La jeune fille se sentit confondue et, dans le noir, elle ne put discerner combien d'hommes se trouvaient à l'intérieur de la grotte. Elle attendit. L'homme alluma une torche de branches de pin. Ce fut à ce moment-là qu'elle s'aperçut qu'il n'y avait personne d'autre qu'eux deux dans la pièce et c'était bien à elle que l'inconnu s'adressait :

— Mille merci ! Dix mille merci !

Zé-Lain n'osait pas répondre et essayait de comprendre quelque chose en fixant l'homme de son regard : c'était un grand garçon aux yeux brutaux et au visage musclé, il se trouvait dans un état de grande émotion, à cause de l'enlèvement et de la course sans doute. Zé-Lain réfléchit quelques instants et ne se souvint pas de l'avoir déjà vu.

— Merci, Maître..., marmonna encore le jeune homme.

— Qui es-tu ?

— Je suis Len-Jian, Maître, vous êtes mon sauveur.

Zé-Lain comprit et se souvint que depuis le jour où on avait sorti le jeune homme de son cercueil, elle ne l'avait plus revu. Au cours des événements, elle avait posé une ou deux fois des questions sur celui qu'elle avait soi-disant sauvé, et on lui avait répondu qu'il avait été transporté dans la montagne, chez un vieux Xian-Shen, titre respectueux que les montagnards réservaient aux médecins du coin. Depuis, tant de choses avaient compliqué la vie du village, que Zé-Lain avait complètement oublié celui qui, dès le départ, l'avait entraînée au cœur de tous ces événements.

— Tu t'es rétabli ?

— Oui.

— Mais d'où sors-tu ?

— Là-bas...

Apparemment, le jeune homme, reconnu comme le plus téméraire des villageois, n'était pas habitué à s'exprimer par des mots ni à manifester ses sentiments. Sous la flamme de la branche de pin, ses yeux brillaient fort, sa voix résonnait comme sortie d'un vase. Tout de même, en avalant sa salive, il parvint à expliquer que, depuis le jour où on l'avait sorti du cercueil, il avait été transporté secrètement chez un vieux médecin, parent de la famille Meng, résidant au sommet de la montagne, de peur que les Yang le retrouvent et profitent de son état de faiblesse pour l'achever. Il avait passé trois mois en convalescence et n'était revenu que très récemment. Il était tombé juste au moment où ses camarades les plus violents étaient en train de préparer l'anéantissement du nouveau temple. Ce soir-là, ils avaient projeté de brûler le temple et le maître avec. Comme tous les hommes téméraires, Len-Jian était aussi doté d'une grande loyauté et ne supportait pas l'idée qu'on assassine son sauveur alors qu'il ne l'avait pas encore remercié. Il n'était pas d'accord avec eux et une guerre avait éclaté.

— Tu t'es battu contre eux ? demanda Zé-Lain avec un mélange d'horreur et de reconnaissance.

— Oui, j'en ai tué trois. Comme ils étaient nombreux, je préfère vous cacher d'abord…

Zé-Lain comprit tout. Les flammes qu'elle avait vues tout à l'heure étaient l'incendie du temple et la situation dans le village était devenue très dangereuse, aussi bien pour elle que pour lui.

— Que comptes-tu faire maintenant ?

— Vous suivre, Maître, vous m'avez fait revenir de la mort et je resterai toujours avec vous… Je tuerais tout le monde pour vous défendre…

Zé-Lain sentit une émotion gonfler dans sa poitrine et poussa un profond soupir.

— Évidemment, tu ne sais que tuer…

XX

Zé-Lain se cacha, durant ces jours où la tempête fit rage, dans la grotte avec Len-Jian, qui ne sortait qu'à la tombée de la nuit pour chercher de la nourriture : des fruits secs ou du gibier, et quelquefois des patates gelées dans les champs. Elle en profita pour parler du Tao au jeune homme. Si téméraire et brutal qu'il fût, Len-Jian n'était pas stupide et possédait un esprit plutôt habile. Par un sentiment de reconnaissance envers son maître et parce que, tueur de talent, il se trouvait souvent entre la vie et la mort, il comprit très vite la profonde théorie taoïste, selon laquelle l'homme n'était qu'une apparition provisoire de l'Esprit éternel. Dans ce monde, tous les êtres étaient liés par des voies mystérieuses; aussi, au-delà du visible, il existait des énergies secrètes que l'homme pouvait se procurer en pratiquant des incantations ou certaines prières. D'ailleurs, Len-Jian était convaincu que Zé-Lain puisait une énergie de ses prières.

— N'est-ce pas de cette façon que vous m'avez fait revenir de la mort? demandait-il souvent. Je sens une grande magie dans votre corps.

Sur ce point, la jeune fille Tong éprouvait un sentiment de confusion. Elle savait parfaitement qu'elle n'avait rien fait de spécial pour ressusciter le jeune homme ; elle avait toujours pensé que seul un pur hasard l'avait conduite à se trouver là à ce moment, en train de prier. Or, comme on n'arrêtait pas de répéter que ses prières avaient sauvé le jeune homme, elle ne comprenait plus : peut-être, les prières que lui avait enseignées Maître Tien-Yan dégageaient-elles vraiment une force qu'elle ignorait ? En tout cas, même s'il s'agissait d'un pur hasard, elle rendait grâce à la volonté du Ciel.

La neige cessa enfin de tomber et le soleil apparut au sommet de la montagne. Malgré le froid, Zé-Lain décida de partir vers la montagne sacrée Hua, d'autant plus que, depuis un certain temps, son cœur était de nouveau obsédé par le but initial du voyage. Elle était embarrassée par le désir de Len-Jian de l'accompagner. Cela lui aurait été fort utile de marcher auprès d'un homme si vaillant dans ce long périple plein de dangers, mais la vérité de sa mission ne risquait-elle pas d'être découverte si elle passait trop de temps avec Len-Jian ? Déjà, ces derniers jours, elle avait dissimulé avec difficulté son corps de femme. Les coutumes et la pudeur d'un moine âgé l'avait aidée à déguiser son identité, elle s'était débrouillée sans incidents. Mais voyager ensemble devenait un projet beaucoup moins sûr. Au fond d'elle-même, elle était tentée d'accepter la compagnie de Len-Jian qui lui était si dévoué. En outre, il était évident que si elle laissait ce téméraire, la seule issue qui l'attendait était de tuer ou être tué par ses camarades.

— Je vous accompagne, dit donc le jeune homme en voyant Zé-Lain préparer son départ.

— J'aurais bien voulu, répondit-elle avec amertume, mais il est d'un vieil usage qu'un moine vagabond voyage seul.

Cet argument troubla un peu Len-Jian qui connaissait mal effectivement les coutumes des moines. Pourtant, il ne céda pas aussi facilement.

— Et deux moines vagabonds ne peuvent pas faire la route ensemble ?

— Mais tu n'es pas un moine.

— Je veux le devenir.

Zé-Lain fut embarrassée car, elle-même n'étant qu'un faux moine, comment pouvait-elle ordonner bonze quiconque ? La suggestion du jeune homme la fit réfléchir. Mentir à l'intérieur d'un mensonge ne la mettait pas plus dans le tort.

— C'est peut-être une solution, dit-elle. On peut voyager ensemble en tant que moines-frères. Et, je pense que cela te ferait du bien de quitter momentanément ton pays. Tu ne devras pas entrer par la porte de Tao pour la vie entière. Lorsque tu m'auras conduit jusqu'à destination, il te faudra revenir parmi les tiens.

Len-Jian hocha la tête en prononçant :

— Je serai votre fidèle élève.

Alors, selon les rites qu'elle avait appris au Temple-des-Nuages-Célestes, elle alluma deux branches de sapin en guise d'encens et rasa le crâne de l'ancien chasseur.

Le lendemain matin, le soleil apparut de nouveau et un petit vent glacial souffla dans le ravin. Les deux faux moines vagabonds se mirent en route. Zé-Lain prit un bâton de maître-bonze dont le bout était armé d'une tranche en forme de croissant, qui lui servirait à la fois de palanche et d'arme, tandis que son nouvel élève emmena son sabre, son arc et des flèches à plumes.

Zé-Lain ne savait pas faire de ski, alors elle accepta d'être portée sur le dos de Len-Jian dès que la route était en pente. La plupart du temps, ils marchaient dans la neige qui leur montait parfois jusqu'aux genoux. Durant les premiers jours, Len-Jian reconnaissait à peu près tous les chemins ; ils ne firent pas mauvaise route, et n'affrontèrent aucune adversité. Deux ou trois léopards tentèrent bien de les menacer, mais ils fuirent dès que Len-Jian sortit son arc. Quelques ours solitaires les croisèrent sans accrochage. En revanche, de nombreuses petites bêtes furent tuées par l'ancien chasseur et dégustées par les deux voyageurs. Après une dizaine de jours d'escalade, dans le beau temps comme dans les tempêtes de neige, à travers des forêts et des falaises, ils franchirent enfin le sommet appelé Tête-du-Tigre et arrivèrent sur le versant sud de la montagne.

Là, le climat changea radicalement comme s'il n'y avait jamais eu d'hiver. Les voyageurs s'étonnèrent de voir tant de soleil, de verdures traversées par des cours d'eau, alors qu'à une vingtaine de lieues, le monde était couvert de neige, de vent et d'arbres morts. Le langage du pays devenait incompréhensible ; à chaque fois que les deux faux moines demandaient des renseignements sur la route à prendre, les paysans les regardaient avec des yeux bizarres, ou rigolaient bêtement, avant de hocher la tête en signe d'incompréhension. Tous maugréaient des mots étranges, avec des gestes confus, et indiquaient des directions diverses et peu précises.

Len-Jian choisit un endroit sûr dans la forêt pour enterrer son arc et ses skis, disposa trois cailloux en forme de triangle, dans l'espoir de retrouver ses objets sur le chemin du retour. Puis tous les deux attachèrent leurs vêtements d'hiver en baluchon et se remirent en route sans plus poser de questions. Guidés par le soleil, ils marchaient obstinément vers ce qu'ils pensaient être le sud.

C'était en effet une terre très riche. Des deux côtés du chemin, se déroulaient des champs cultivés et, à l'approche de chaque village, apparaissaient des vergers et potagers. Comme la saison ressemblait à une fin d'automne, de rares fruits s'accrochaient encore aux extrémités des branches. Lorsque les deux vagabonds avaient faim, ils prenaient la liberté d'en cueillir quelques-uns tout en récitant des formules religieuses pour se faire pardonner. Parfois, ils marchèrent une journée entière sans relâche.

À la tombée d'une nuit, ils se trouvèrent au pied d'une colline, loin de toute agglomération. Fatigués, ils s'assirent sur une pierre, discutant de l'endroit où ils pourraient trouver refuge.

— Mais regardez, Maître, dit Len-Jian en pointant son doigt vers le côté ouest de la colline.

Zé-Lain aperçut en effet une lumière qui scintillait à travers des branches d'arbre. Au fur et à mesure que la nuit se répandait, la lueur brillait de plus en plus, tantôt rouge, tantôt jaune claire. Elle ne semblait pas indiquer un danger. Après quelques instants d'observation, Len-Jian déclara en sortant son sabre :

— Je vais voir un peu.

Zé-Lain le suivit dans la direction de la lumière. Ils montèrent sur une hauteur et se noyèrent complètement dans des feuillages. Ce fut à ce moment-là qu'ils remarquèrent une différence dans les arbres qui les entouraient : au lieu d'arbustes qui, d'habitude, poussaient en désordre, ces arbres-là étaient parfaitement alignés et bien entretenus, et tous avaient la même taille.

— On est chez quelqu'un, dit Len-Jian.

— Rentre ton arme alors, dit Zé-Lain. Mais quels arbres ?

— Des pommiers.

En effet, ils se trouvaient au milieu d'un verger. Après quelques instants de marche, ils retrouvèrent la lumière mystérieuse. Cette fois-ci, on la voyait plus distinctement : elle provenait d'une maison, et brillait à travers une large fenêtre. Zé-Lain et Len-Jian accélérèrent le pas, le cœur battant : cette nuit, ils allaient enfin passer la nuit sous un toit.

La maison était beaucoup plus grande qu'ils ne l'avaient imaginé. Sans trop de scrupules, Len-Jian frappa et la porte s'ouvrit aussitôt. La surprise fut totale : ils s'attendaient à un paysan du coin, bredouillant un langage incompréhensible, alors qu'apparaissait un homme de la ville, dont le visage lisse et le grand calme ne laissaient pas deviner l'âge.

— La nuit est bien profonde et je suis plongé dans la lecture. Pour quelle affaire les deux messieurs franchissent-ils ma porte ?

L'homme parlait un langage de lettré que ni Zé-Lain ni Len-Jian n'avaient jamais entendu auparavant. Or, il n'avait pas un accent prononcé et la jeune fille Tong put saisir ses paroles en reliant les mots qu'il avait prononcés. Alors, avec son langage monastique, Zé-Lain s'excusa du dérangement et lui expliqua qu'ils étaient deux pauvres moines venus dans la Montagne Hua à la recherche d'un plus haut esprit. Comme le Ciel l'avait ainsi voulu, la nuit les avait surpris et ils ne voyaient d'autre solution que de demander la bonne grâce du maître de la maison.

— Entrez vite, dit l'homme en faisant un geste très

large. Voilà un grand honneur puisque les maîtres ont choisi ma pauvre demeure.

Les deux voyageurs remarquèrent aussitôt la disposition et l'atmosphère de la maison. Le salon était vaste, mais avec peu de meubles. Une malle très ancienne, deux ou trois tables de lecture sur lesquelles s'entassaient beaucoup de rouleaux. Apparemment, le maître de la maison était un « lettré », personnage qu'on rencontrait généralement en ville et qui n'existait ni dans la vallée de la jeune fille Tong ni dans la région de l'ancien chasseur. Ils se sentirent absolument fascinés. En même temps, Zé-Lain pensait qu'il était bizarre qu'un tel personnage puisse vivre dans un endroit si reculé, parmi des pommiers.

Aussitôt, le maître de la maison fit apporter le repas que les deux faux moines avalèrent avec appétit ; il les invita à boire un thé dans le salon. C'était la première fois que Len-Jian était reçu dans un lieu aussi distingué, il était normal qu'il se sentît mal à l'aise. Zé-Lain prit alors le siège qui se trouvait en face du monsieur, laissant son élève s'asseoir un peu en retrait.

Se déroula alors une conversation tout à fait différente de toutes celles que la jeune fille Tong avait échangées durant son long voyage. Avec beaucoup de modestie et de dignité, le maître de la maison leur confirma qu'il était effectivement un lettré, qu'il avait réussi de nombreux concours pour devenir mandarin et qu'il s'occupait actuellement des affaires importantes de l'État. Mais comme les mœurs de la société devenaient insupportables, il avait préféré se retirer dans sa maison natale, pour vivre en paix, dans la nature, avec ses livres, en cultivant son verger. Ensuite, avec amour et passion, il leur parla longuement de ses pommiers. Comment ses fruits poussaient gros, et comment leur goût était délicieux, grâce à la hauteur du terrain, à la profusion du soleil, à la quantité de pluie...

Comme on pouvait l'imaginer de la part d'un grand lettré, il prononçait beaucoup de formules archaïques, en faisant des gestes harmonieux qui accompagnaient bien ses mots. Zé-Lain n'était pas sûre de comprendre tout ce qu'il disait, mais elle apprit que, à quatre lieues de là, se trouvait un gros bourg considéré comme le centre de la Montagne Hua et également le sanctuaire de toutes les écoles taoïstes. Des temples de toutes sortes s'érigeaient aux quatre coins de la cité, des moines et des nonnes se promenaient librement dans les rues. Apprenant cela, Zé-Lain eut du mal à cacher son émotion, pensant qu'elle arrivait peut-être enfin à l'endroit qu'elle avait recherché depuis si longtemps.

Cette nuit-là, le sommeil de Zé-Lain fut agité. Non seulement à cause de son impatience à atteindre bientôt son but, mais surtout parce qu'elle devait se rendre à cette évidence : elle ne pouvait plus continuer à voyager avec son soi-disant « élève », leur situation devenait trop délicate. Au début de leur voyage, la jeune fille Tong avait eu peur que le chasseur téméraire découvre son corps de femme. Ainsi, durant le voyage, elle avait soigneusement évité de laisser voir la moindre partie de son corps, selon les usages des moines. Comme Len-Jian était de toute façon un garçon peu consciencieux, son mensonge avait jusqu'à présent plutôt réussi. Maintenant elle se rendait compte que son trouble ne provenait pas du jeune homme mais de son propre cœur. Étant la seule à connaître la vérité, elle ne pouvait pas ignorer le corps d'homme de Len-Jian, si lui ignorait l'identité du sien. Maintenant que leurs corps n'étaient plus enveloppés des vêtements épais de l'hiver, l'attirance de la chair devenait pour Zé-Lain beaucoup plus sensible, d'autant plus que l'homme téméraire découvrait facilement sa poitrine, son dos, ses jambes. Tout cela constituait une tentation terrible pour la jeune fille Tong qui avait déjà goûté, malgré elle, au plaisir de la chair. Elle n'était moine qu'en apparence et n'avait aucune foi en la vie rigoriste de la religion. Bien au contraire, si elle avait eu affaire aux taoïstes, c'était par seul désir de vengeance, sentiment ennemi de la paix intérieure. Ainsi désormais, elle ne pouvait s'empêcher d'épier le corps du jeune homme pendant qu'il dormait profondément à ses côtés. Son visage endormi, sa nuque robuste, ses épaules bien arrondies, sa poitrine qui ondoyait légèrement au rythme de sa respiration… Sous l'emprise de pulsions difficilement maîtrisables, Zé-Lain aurait tendu volontiers sa main pour le saisir, l'embrasser, ou encore prendre une partie de ce corps et la presser contre sa poitrine, la mettre dans sa bouche, à l'intérieur d'elle-même. Il n'était donc plus possible de continuer son pèlerinage avec Len-Jian sans que celui-ci découvre bientôt la vérité. Après avoir pris cette décision pourtant pénible, Zé-Lain passa le reste de la nuit à prier. Lorsque le jour se leva, Len-Jian se réveilla en sursaut et trouva Zé-Lain le visage plein de larmes.

— Qu'est-ce qui ne va pas? demanda le jeune homme de sa voix toujours brutale.

Zé-Lain le regarda pendant un moment avant de le mettre au courant de sa décision :

— Je suis triste car tu dois me laisser et retourner dans ton pays.

Fut-ce grâce aux effets de ses prières ou parce qu'il n'avait pas l'habitude de quitter son pays trop longtemps, l'ancien chasseur téméraire n'émit pas un seul son de protestation.

— Comme vous voulez, dit-il seulement.

Ainsi, avec une grande tristesse mêlée d'un sentiment de délivrance, la jeune fille Tong dit adieu à son compagnon loyal, et se trouva de nouveau seule, face à ces quatre lieues qui lui restaient avant d'arriver au sanctuaire de la Montagne Hua, la dernière étape de son long périple.

XXI

Après toute une matinée de marche, la voyageuse arriva seule dans la petite cité, ramassée derrière un rempart en briques grises. Devant la grande voûte, trois mots indiquaient le nom étrange de la ville : Dents-du-Mont-Noir. Pendant que Zé-Lain réfléchissait sur la signification de ce nom qui devait être tout à fait particulière, elle entra à l'intérieur et découvrit des maisons en bois peint, des toits en gradins et des statues en pierre représentant des lions ou des dragons. Sur les deux côtés de la rue, hurlaient de petits marchands d'alcool de serpent, de tortues au poil vert, de nattes de bambou, et autres produits étranges dont les gens venus d'ailleurs ignoraient jusqu'à l'usage. Une foule apparemment insouciante circulait sur des dalles blanches ou ocre, à l'ombre fraîche des arbres millénaires. Elle remarqua tout de suite qu'ici les habitants vivaient selon des coutumes très anciennes : les femmes portaient leurs bébés dans un cabas accroché au dos, des hommes portaient les paniers par la palanche. Ils parlaient un langage archaïque, se saluaient les mains jointes devant la poitrine. Ils mangeaient du riz cuit dans la canne de bambou et s'habillaient d'une façon très simple, avec des vêtements aux couleurs naturelles. Leur démarche restait très cérémonieuse comme s'ils avaient peur d'écraser quelque chose sous leurs pieds.

Parmi la foule, elle aperçut beaucoup de moines ou de nonnes en costume sobre et au crâne rasé. Ils avaient tous l'air très jeune et se promenaient par groupes de trois ou quatre. Sans trop se soucier de sa mise, Zé-Lain arriva devant deux jeunes nonnes avant de les saluer respectueusement :

— Je supplie les deux petits maîtres d'excuser mon insolence...

Mais les deux nonnes n'attendirent pas qu'elle finisse sa phrase. En poussant de petits rires, elles lui tournèrent vite le dos et disparurent dans la foule.

— Bizarre..., pensa Zé-Lain. Elle se souvint brusquement qu'un moine n'avait pas la coutume de parler avec de jeunes nonnes !

Plus tard, elle arrêta un moine qui lui réserva le même accueil : sans répondre à ses salutations, celui-ci s'enfuit précipitamment. Après cette expérience, Zé-Lain songea que les moines et nonnes qui se promenaient dans la rue n'étaient peut-être que des élèves débutants qu'un rien effarouchait. Il valait mieux aller voir directement leur maître. Alors, la jeune fille Tong mit de l'ordre dans ses vêtements, et se dirigea vers un temple, qui se trouvait juste devant elle.

Des marches en marbre très raides précédaient de larges portails, en marbre également. Puis d'autres marches, en bois cette fois, menaient vers d'autres portes en bois, plus étroites. Apparemment, il s'agissait de ce qu'on appelait un temple de bourgeois, qui n'avait rien à voir avec celui des Nuages-Célestes. Néanmoins, après un long couloir qui serpentait, Zé-Lain arriva à l'entrée d'une salle dont la porte était entrouverte. D'un geste prudent, elle poussa les battants.

Avec surprise, elle découvrit une pièce très petite. Une natte de paille était étendue par terre ; au fond, dans la pénombre, une lueur sautillait devant un visage démesurément large. Cela devait être la statue de Bouddha Rou-Lai, représentant du bouddhisme. Elle trouvait étranges cette simplicité et cette sobriété dans l'autel sacré du sanctuaire, alors que les marches et les portes promettaient une si grande somptuosité. Au moment où elle se demandait si elle ne s'était pas trompée de chemin, cette salle n'étant peut-être pas la principale, brusquement un coup de tambour retentit. Aussitôt, chassant toute pensée, Zé-Lain se mit à genoux et fit une prière.

D'autres coups de tambour résonnèrent. Des bonzes qui semblaient très nombreux chantonnaient dans les deux bas-côtés. Selon les rites, Zé-Lain resta un long moment à finir sa prière et lorsque les voix rauques des bonzes se calmèrent, elle releva la tête et demanda :

— Ici-bas un pauvre moine qui vient de loin et qui demande conseil au grand maître du temple.

Un long silence s'écoula avant qu'une voix lui réponde :

— D'où venez-vous, Haut Maître ?

— Du Temple-des-Nuages-Célestes.

La voix mit un peu de temps pour cerner l'endroit, puis elle demanda encore :

— Pour aller où ?

— À la recherche du Grand-Maître-Avalant-Les-Rochers…

Cela faisait trop longtemps que Zé-Lain gardait ce nom au fond de son cœur, quand elle prononça ce mot, elle crut entendre quelque chose craquer au fond de la salle, et la voix répondit sèchement :

— Aucun conseil.

— Mais mon Maître Tien-Yan m'a dit qu'il se trouvait dans la Montagne Hua.

— Aucun conseil.

Zé-Lain aurait voulu poser d'autres questions, mais elle comprit vite qu'elle n'obtiendrait rien de plus que cette réponse sèche et hostile.

Elle sortit du temple et entra rapidement dans un autre qui se trouvait à quelques rues de là. Mais le même incident se produisit. Puis elle visita trois autres temples : dès qu'elle prononçait le titre du Grand-Maître-Avalant-Les-Rochers, on la congédiait avec rudesse, comme si les moines avaient gardé une profonde rancune contre ce maître qu'elle recherchait.

Malgré sa déception, la jeune fille Tong pensait qu'il ne fallait pas trop insister car, avec ce que Se-Fang lui avait dit de la Montagne Hua, de pires catastrophes pourraient lui arriver. Comme l'après-midi était bien entamé, elle décida d'aller déjeuner et se dirigea vers l'endroit qu'elle croyait être le centre du marché. La rue qu'elle longeait était de plus en plus encombrée et, à un moment donné, elle fut complètement bouchée. La jeune fille Tong entendit quelqu'un crier d'une voix étrange au milieu de la foule. Puis elle vit un homme habillé de blanc, aux bras nus, qui portait en l'air un gros serpent.

— Regardez seulement ! Celui-là s'appelle Serpent à Lunettes, il est le plus venimeux de tous ! Si on met une goutte de son venin sur quoi que ce soit, même le fer pourrit...

Zé-Lain se fraya un chemin dans la foule et put voir plus clairement. C'était un charmeur de serpents.

L'homme avait environ cinquante ans, un visage rond et un ventre très rebondi. Il avait devant lui une grande cage dans laquelle de nombreuses vipères étaient enfermées. D'une voix tonitruante, il présentait ses bêtes, en évoquant le nombre d'années qu'il pratiquait ce métier, en présentant ses connaissances sur la matière : certains serpents étaient d'espèce docile qu'on pouvait même prendre dans la main sans aucun risque, d'autres étaient très violents et attaquaient dès qu'ils voyaient des choses inconnues. En général, ils n'aimaient pas la couleur noire, donc, quand on voyageait dans la montagne, il ne fallait pas porter de vêtement noir sinon on était plus facilement attaqué par des serpents. En disant cela, il sortit de sa cage une vipère et lui montra un morceau de tissu noir que la bête agressa aussitôt. Toutes ces histoires qui distrayaient beaucoup les citadins n'offraient pas de nouveauté pour Zé-Lain, fille de la montagne. Elle s'apprêtait à partir quand l'homme haussa tout à coup le ton :

— Dix-neuvième élève de Grand-Maître-Avalant-Les-Rochers, après trente années de Kong-Fu, mon art est d'aspirer le sang et le venin des serpents...

Zé-Lain fut surprise et attendit de savoir la suite. Pendant ce temps-là, le charmeur de serpents sortit une autre bête qui semblait pourtant moins impressionnante que les autres. Il la prit par-derrière la tête et lorsque celle-ci ouvrit grand la bouche, il saisit ses dents avec une pince à long manche. Pendant que le serpent se tortillait dans tous les sens, l'homme hurla encore :

— Croire ou pas, vous allez voir seulement...

Puis, d'un mouvement rapide de la main, il attrapa le serpent par la queue et le mit dans sa bouche. Il y eut quelque agitation dans la foule. Mais l'homme continuait à avaler le serpent vivant en maintenant son corps immobile. Le serpent semblait souffrir et se tordait de convulsions. L'homme mit un assez long moment à avaler les trois quarts du reptile. Puis ni lui, ni la bête ne bougèrent plus. La foule semblait totalement fascinée par cette scène étrange et terrifiante, et ne proférait aucun son.

Au bout d'un long moment, l'homme rouvrit les yeux, respira profondément en dilatant ses narines, puis il commença à régurgiter lentement le serpent. Lorsque le long corps du reptile fut entièrement hors de sa bouche, il brandit la bête flasque comme une corde et expliqua à haute voix :

— Celui qui croit que j'ai mordu la bête se trompe, vous voyez que son corps est intact, aucune blessure, non ? Mais si je vous dis qu'elle n'a plus de sang, ni de bile ni de venin... Me croirez-vous ?

Il accrocha le serpent à un arbre qui se trouvait à côté et, d'un geste rapide, saisit un couteau pointu. Il éventra la bête de bas en haut. En effet, aucune goutte de sang ne coula pendant l'opération. Il arracha la vésicule biliaire du serpent qui n'était plus qu'un minuscule sac vide.

— Vous comprenez maintenant ! Je peux prendre toute la sève vitale des serpents rien qu'en les mettant dans ma bouche ! Cet art vient de mon maître qui n'est autre que le Grand-Maître-Avalant-Les-Rochers, qui peut puiser l'essence vitale des rochers...

L'homme sortit d'un gros sac de petites fioles remplies de liquide trouble, noir ou jaunâtre. Ce fut à ce moment-là que Zé-Lain comprit que l'homme était un vendeur de médicaments. D'habitude, elle n'aimait pas ce genre de banquistes mais comme il avait prononcé le nom du maître qu'elle recherchait, Grand-Maître-Avalant-Les-Rochers, Zé-Lain décida de l'interroger.

— Vous voyez tous ces médicaments ! cria le vendeur. Ils se composent de cent animaux et de mille herbes, de tout ce qu'il y a de précieux sur la terre : sang de tortue et bile de serpent, paume de l'ours et jujube de singe, fleur de lotus et épis de dragon... Leur fonction ? Rafraîchir la chaleur intérieure, purifier les troubles de votre sang, raviver le Yin et renforcer le Yang...

Zé-Lain attendit que quelques badauds aient acheté les fioles avant de venir jusqu'à lui :

— J'ose demander l'éminent titre du Maître..., dit-elle en saluant l'homme de sa façon monastique.

— Ah, ah..., dit l'autre, surpris sans doute de se trouver devant un moine qui avait l'air assez expérimenté. Je suis... ah, on m'appelle Maître-Avaleur-de-Serpents, je suis le dix-neuvième élève du Grand-Maître-Avalant-Les-Rochers...

— Justement, ajouta Zé-Lain, je suis venue du Temple-des-Nuages-Célestes, depuis la Montagne de Cormoran-Déploie-Ses-Ailes, de la part du Maître Tien-Yian, je veux voir Grand-Maître-Avalant-Les-Rochers.

À ce mot, le charmeur de serpents eut une lueur dans les yeux.

— Vous voulez voir mon Maître ?

— Le pauvre moine que je suis vient spécialement pour lui.

— Vous voulez devenir son élève ?

— Oui, dit Zé-Lain, est-ce que vous pouvez m'indiquer dans quel temple se trouve le très Grand-Maître ?

L'homme prit tout un coup un air très sérieux et dit :

— Mais depuis plusieurs années, on n'entre plus dans les temples. Les temples sont pour les moines précieux ! Ils ne savent rien faire d'autre que chantonner des choses inutiles et incompréhensibles. Si vous voulez voir mon maître, il faut venir avec moi dans la montagne…

À ce moment-là, il y eut encore des gens qui souhaitaient acheter une potion de longévité. L'homme devait s'occuper de son commerce et dit à Zé-Lain de revenir le voir avant la tombée de la nuit.

Zé-Lain trouvait curieux qu'un élève du Grand-Maître-Avalant-Les-Rochers soit un vendeur de médicaments et se donne en spectacle dans la rue. Sans doute en saurait-elle davantage tout à l'heure ; pour le moment, elle devait se trouver à manger.

XXII

Les habitants de la cité étaient véritablement fervents et généreux vis-à-vis des religieux. Dès qu'ils voyaient un moine passer, les commerçants leur offraient toutes sortes de friandises : des pâtés piquants, du daufou au gingembre et des galettes farcies. En un seul tour, Zé-Lain fut rassasiée. Comme il était encore tôt, elle décida de se promener dans la petite cité. D'une rue à l'autre, elle découvrit des boutiques aux produits exotiques, des maisons de thé où des buveurs ronflaient ou écoutaient des chanteurs, des conteurs d'histoires, jouaient aux échecs ou aux cartes, elle observa des tisseurs de nattes sur les trottoirs, et toutes sortes d'artisans des temps anciens. Vers la fin de la journée, elle revint sur ses pas et retrouva le vendeur de médicaments qui avait l'air d'avoir fini sa journée et qui l'attendait, ses bagages rangés aux deux bouts d'une palanche. Dès qu'il vit Zé-Lain arriver, il cria :

— Cela fait un moment que je vous attends. Vite sinon j'aurai du mal à regagner ma demeure.

Sans ajouter aucune autre explication, il mit la palanche sur son épaule et partit vers la porte ouest. Zé-Lain se mit à le suivre. La petite cité était très animée à cette heure du soir. Tous les habitants semblaient être dehors. Les gens marchaient dans tous les sens et se saluaient avant de bavarder au milieu de la rue. Ils encombraient beaucoup la circulation. L'homme que Zé-Lain suivait n'arrêtait pas de hurler pour se frayer un chemin. Il lui arrivait même de bousculer des passants avec sa palanche. Derrière lui, Zé-Lain éprouvait un sentiment d'inquiétude vis-à-vis de ce personnage d'aspect grossier. Elle pensait qu'un maître ayant pratiqué profondément le Tao ne pouvait pas agir de cette façon-là et que, encore une fois, elle s'embarquait peut-être dans une nouvelle mésaventure.

Lorsqu'ils sortirent de la petite cité, le crépuscule se répandait déjà dans les champs. L'homme ralentit le pas et parut se souvenir de Zé-Lain. Il tourna la tête et dit :

— Je devais me dépêcher, car je déteste ces citadins ! Si je n'étais pas obligé de gagner ma vie en vendant mes médicaments, jamais je ne mettrais les pieds dans la ville.

Son humeur changea et sa voix devint très douce, à tel point qu'on aurait cru qu'il s'agissait d'une autre personne, ce qui suscita encore plus de curiosité chez Zé-Lain. Après une hésitation, elle demanda tout de même :

— Comment se fait-il qu'un maître comme vous soit obligé de vendre des médicaments pour survivre ?

L'homme s'étonna de cette question :

— Vous ne savez vraiment pas ?

— Non...

— Pourtant, vous avez l'air expérimenté, vous venez vraiment de très loin alors !

Zé-Lain fut soulagée par cette dernière phrase et dit :

— Comme vous voyez…

— Je vois.

Alors, tout en marchant, l'homme lui raconta une histoire qui avait l'air assez compliquée. Il expliqua que, depuis un certain temps, les moines taoïstes n'avaient plus le droit de résider à l'intérieur de la cité car, il y a quelques années, une guerre avait éclaté entre les moines taoïstes et les prêtres bouddhistes. Tout cela provenait d'une conception différente de la vie humaine. Depuis toujours, le taoïsme, né directement de nos ancêtres, affirmait que trois démons se cachaient à l'intérieur de notre corps. Ils s'appelaient respectivement Jiu, Zhe et Qiao. Le premier résidait en haut, dans le crâne, c'est pourquoi beaucoup de désirs naissaient dans la pensée ; le deuxième se situait dans le ventre, c'est pourquoi on avait tout le temps envie de manger de bonnes choses. Enfin le troisième était dans nos pieds, il nous gonflait des désirs du sexe et de violence envers les autres. Selon cette théorie, nos maîtres taoïstes nous demandaient de pratiquer toutes sortes d'exercices physiques ou spirituels pour exorciser ces démons. Ainsi, on constatait que les pratiques du taoïsme concernent généralement ces trois parties du corps : la tête, le ventre et les pieds. Or, des prêtres bouddhistes arrivèrent un jour dans la région. Prétextant qu'ils avaient été instruits par des théories venues de l'Inde, pays lointain de barbares, ils changèrent totalement la conception de nos ancêtres. Eux prétendaient que, durant toute la vie, l'homme était obsédé par deux démons : le démon de naissance commune et celui de nom commun. Ils racontaient que le premier démon qui n'avait même pas de nom était né en même temps que l'homme, tandis que le second, qui n'avait pas de nom non plus, portait le même nom que l'être humain à qui il s'accrochait. Ces deux diables suivaient l'homme toute sa vie et surveillaient ses actions, ses gestes et ses pensées. Ils enregistraient tout cela pour dresser un jour un bilan devant le Seigneur de l'Enfer, qui décidait de la récompense ou de la punition. Face à tout cela, l'homme restait stupidement impuissant et ne pouvait que se comporter comme un châtré. Cette théorie ne pouvait évidemment pas satisfaire nos maîtres taoïstes. Une confrontation eut alors lieu entre les deux camps. Comme chacun restait sur ses opinions et comme personne ne voulait céder, d'un différend initialement théorique on passa à une compétition suivie d'une démonstration de forces. Comme les taoïstes étaient plus forts de corps et d'esprit, connaisseurs des arts de la magie, ils exterminèrent presque tous les prêtres bouddhistes qui ne savaient que lire des psaumes. Cependant, vu le désordre que cela avait engendré dans la région, les autorités intervinrent et se placèrent, on se demande pourquoi, du côté des bouddhistes au lieu de favoriser la pensée qui provenait de leurs ancêtres. La raison était simple : toute croyance mise à part, les gens au pouvoir avaient compris que leurs vrais ennemis étaient bien les taoïstes qui, en livrant leur corps à différents exercices, avaient découvert toutes sortes de magies et de mystères. Comme les pratiquants taoïstes étaient capables de choses miraculeuses, ils risquaient de mettre le gouvernement en difficulté. Alors, des armées avaient été envoyées dans la région pour chasser les moines taoïstes du temple.

Depuis, seuls les prêtres bouddhistes conservaient le droit de rester en ville et de demander l'aumône, tandis que nos maîtres taoïstes étaient devenus des clandestins. Ils ne pouvaient continuer leur pratique que dans des endroits secrets de la montagne, et ne survivaient qu'en vendant des produits de leur art.

— C'est vraiment très rare que quelqu'un demande encore à être élève d'un maître taoïste, ajouta-t-il à la fin.

Zé-Lain ne comprenait pas tout ce que l'homme racontait et se gardait bien de poser trop de questions, de peur de révéler sa véritable identité. En silence, elle le suivait sur un chemin de plus en plus sinueux. La nuit couvrait déjà complètement la campagne, un vent léger s'était levé depuis un certain temps. L'horizon semblait se rapprocher. Aucune lumière aux environs, seulement une lourde obscurité.

L'homme avait l'air de connaître son chemin et, sous le grincement de sa palanche, il faisait de grandes enjambées. Après une ou deux heures de marche, dans le noir, le chemin commençait à monter. En même temps, on entendait des bruits sourds qui se précisèrent pour devenir le rugissement du vent dans les arbres. Des ruisseaux se firent aussi entendre. Zé-Lain comprit alors qu'elle se trouvait déjà dans la montagne.

Après de nombreux détours, dans les bois et parmi les rochers, Zé-Lain suivit le charmeur de serpents pendant la moitié de la nuit. Ils finirent par s'arrêter devant une cabane faite de branches d'arbres. Au moment où la jeune fille Tong se demandait si c'était la demeure de son guide ou la résidence du Grand-Maître, l'homme lui annonça :

— C'est là que je passe mes nuits. On ne peut voir le Grand-Maître-Avalant-Les-Rochers que dans la journée, je vous propose de dormir ici…

Puis, sans attendre la réaction de son invitée, il baissa la tête et passa par la porte de sa demeure. Fatiguée, Zé-Lain accepta la proposition. Quand elle entra à son tour dans la demeure, elle remarqua que l'intérieur était assez spacieux pour accueillir deux personnes. L'homme alluma une torche de branches de pin et se déshabilla rapidement.

— Bonne nuit, dit-il en s'allongeant au bout de la grande couche.

Il se faufila sous une couverture trouée et sale. Puis, très vite, se mit à ronfler.

Timidement, Zé-Lain s'installa à l'autre bout et se coucha tout en gardant son habit.

Au cours de la nuit, le vent forcit. La lune parut au-dessus de la montagne. Malgré sa fatigue, Zé-Lain n'arrivait pas à dormir, le ronflement de l'homme la dérangeait. Alors, elle passa un long moment à regarder dehors. De sa place, elle ne pouvait pas voir la lune, mais seulement des lueurs d'argent reflétées par les rochers, et des arbres à travers la lucarne. Elle songea que, malgré l'obscurité de la cabane, le monde, éclairé par les seules lueurs de la lune, devenait presque éblouissant. Alors, des souvenirs lointains affluèrent à son esprit. Une fois de plus la vie paisible de l'enfance, le visage énergique de son père, ses animaux domestiques, les copines avec qui elle s'amusait, même les objets familiers de la maison reprirent vie… La petite grille qui grinçait, la gourde d'eau qui n'arrêtait pas de rouler dans tous les sens, la trousse de mercerie qui disparaissait à tout moment… Zé-Lain éprouva une faiblesse au fond de sa poitrine. Depuis combien de temps le malheur était-il arrivé ? Elle était absolument incapable de se souvenir : cinq ans, dix ans ? À force de vivre dans la peau d'un moine âgé, de se laisser guider par le seul hasard, de concentrer son avenir sur la vengeance, de barricader son cœur, elle avait fini par devenir réellement quelqu'un d'autre. Et si elle s'était suicidée après le drame ?

Zé-Lain ne regrettait pas d'avoir choisi de vivre et de venger son père qu'elle aimait. Peut-être ne trouverait-elle jamais Grand-Maître-Avalant-Les-Rochers ? Peut-être ce qui l'attendait serait encore une étrange histoire, une déception ? Et peut-être ne réussirait-elle pas à prendre sa revanche sur ce démon dont elle ignorait le nom et la provenance... Qu'importe ! Ce chemin, aussi long et aussi hasardeux fût-il, l'avait enrichie. Les douleurs, les souffrances, les mésaventures, les peurs, les sanglots avaient fait d'elle quelqu'un de fort, l'héroïne de sa propre vie.

Lentement, la nuit cédait au jour. Des cimes couvertes de neige retrouvèrent peu à peu leurs formes réelles et vigoureuses. Toujours couchée dans la cabane, Zé-Lain, qui n'était jusque-là qu'une petite montagnarde ignorante, semblait avoir franchi un grand pas dans sa pensée. Et, tout à coup, elle comprit le sens du mot que, depuis longtemps, ses anciens lui avaient enseigné : le destin.

XXIII

Contrairement à ce que Zé-Lain avait toujours imaginé, le Grand-Maître-Avalant-Les-Rochers ne résidait pas dans une grotte, mais à l'air libre, dans une forêt de roches. Le lendemain de cette nuit blanche, la jeune fille Tong fut conduite par le charmeur de serpents jusqu'à ce maître qu'elle avait tant recherché. Elle comprit d'un seul coup pourquoi, depuis le haut du sommet du Cormoran-Déployant-Ses-Ailes, Maître Tien-Yian lui avait conseillé ce grand Tao car, celui qu'on appelait Grand-Maître-Avalant-Les-Rochers était en réalité une femme.

— Voilà, je vous présente mon maître, lui dit le charmeur de serpents, lorsqu'ils arrivèrent au milieu de la forêt de roche ocre.

La jeune fille écarquilla les yeux et vit une vieille dame assise en tailleur parmi une touffe de stalagmites, dont le corps était couvert d'une longue robe blanche; son visage rond, impassible, inspirait un sentiment de paix profonde.

— Recevez mes hommages, Maître, prononça Zé-Lain, le cœur tremblant d'émotion.

Grand-Maître-Avalant-Les-Rochers leva le regard et le promena un instant sur la jeune fille déguisée toujours en faux moine. Elle dit lentement et doucement :

— Sois le bienvenu, confrère venu de loin.

Dès cet instant, Zé-Lain se sentit envahie d'une grande douceur, celle qui émanait de la voix du maître. Sans être trop consciente de ce qu'elle faisait, elle se prosterna par terre et avec des mots brefs et désordonnés, elle raconta toute son histoire et la raison de sa venue en ce lieu.

Or, chose surprenante, quand le Grand-Maître-Avalant-Les-Rochers apprit la vérité, elle ne sembla pas du tout émue par l'histoire. Elle souleva un peu le menton et montra ainsi un air mécontent.

— La vengeance est un sentiment ennemi de l'art du Tao, dit-elle d'un ton froid.

Zé-Lain fut un moment inquiète, et entra au fond de son esprit pour trouver un argument.

— Je fais tout pour l'amour de mon père.

— L'amour n'est pas conforme à la loi taoïste, répliqua le maître. L'art du Tao interdit tout sentiment, car l'homme ne peut se lier à l'univers que lorsqu'il se vide de ses sentiments.

Zé-Lain, cette fois, fut réellement inquiète : elle n'était pas venue de si loin pour oublier sa haine et la mort de son père, ni pour se résigner à toutes ces années de jeunesse volée. Elle comprenait en même temps ce qu'avait dit le Grand-Maître : on ne pouvait pratiquer l'art du Tao qu'avec un cœur transparent comme un cristal ; la moindre humeur coupait l'homme de ses ressources universelles. D'ailleurs, avec le peu d'expérience qu'elle avait de la prière, elle était convaincue que, plus on avait le corps pur et le cœur en paix, mieux on retrouvait l'énergie éternelle. Donc entre la vengeance et l'art du Tao, il lui fallait choisir.

— Je veux apprendre l'art du Tao en dépit de mes sentiments, marmonna la jeune fille.

— Vraiment ?

La voix du maître devint tout à coup sévère, comme si elle avait percé ce que Zé-Lain cachait derrière ses paroles.

— Ne me dis pas que tu as fait tout ce voyage pour l'amour des arts du Tao ?

Zé-Lain se tut, consciente de l'enjeu de sa réponse.

— Plusieurs fois, on m'a trompée, continua le maître. On m'avance de beaux mots pour que j'enseigne mon art, au nom de l'amour du Tao et pour glorifier l'art d'absorption... Une fois que mes disciples sont en possession de cet art, ils changent et en profitent. Ton malheur en est la meilleure preuve !

Zé-Lain eut un sursaut intérieur : Grand-Maître-Avalant-Les-Rochers connaissait celui qui l'avait violée en lui volant sa jeunesse ? Cette idée ne fit que traverser son esprit car, pour le moment, le plus important était de se faire accepter. Tête baissée, elle réfléchit malgré une forte appréhension : comment convaincre le Grand-Maître-Avalant-Les-Rochers, tout en préservant le but initial du voyage ?

— Maître, puis-je vous poser une question ?

— Soit.

— À l'origine, pourquoi avez-vous commencé à pratiquer l'art du Tao ?

La question sembla surprendre la vieille dame, si bien qu'elle hésita un instant avant de répondre :

— Pour le bonheur de l'être.

— Excusez-moi, Maître, comment l'art du Tao peut-il procurer le bonheur à un être ?

— L'art du Tao se pratique dans le maintien de l'équilibre de l'homme et celui de tout l'univers.

L'homme n'est heureux que lorsqu'il se trouve dans cet équilibre.

— Et si un équilibre a été rompu ?

— Le Tao peut le rétablir.

— Et, concrètement, si quelqu'un se fait voler sa jeunesse par un démon, et si quelqu'un est mort sous l'injustice, n'est-ce pas un déséquilibre ?

Cette fois, ce fut le Grand-Maître qui se tut. Zé-Lain éprouvait une forte émotion, mais n'osait pas encore se féliciter de sa victoire. Elle ajouta :

— Comment faire pour retrouver l'équilibre ?

Un long moment de silence se déroula entre les deux femmes. Zé-Lain gardait la tête baissée, Maître-Avalant-Les-Rochers poussa un soupir :

— Soit, je t'accepte comme ma vingtième élève.

Ainsi, la jeune fille Tong commença la pratique de l'art d'absorption. Lorsque, après avoir accompli les rites de reconnaissance, le Grand-Maître-Avalant-Les-Rochers la mit au courant du programme de son apprentissage, elle fut profondément intimidée par les règles de cet art qui, pourtant, avait un aspect facile.

L'art d'absorption s'apprenait en trois étapes : la première, celle de base, consistait à une purification totale de soi-même. Car, dans les arts du Tao, on considérait que l'homme et le ciel ne faisaient qu'un, et que leur rapport ressemblait à celui d'un nouveau-né avec le corps de sa mère : dès l'instant où l'homme prenait conscience de soi, dès qu'il évoluait en un seul individu, son corps se coupait peu à peu de toute voie secrète le liant à l'Univers. La première étape dans l'apprentissage de tous les arts du Tao était donc de retrouver l'état originel de l'être humain : celui de l'inconscient, du végétal, et même de l'objet mort, afin de rétablir les voies secrètes qui liaient à l'origine un être à la nature.

La deuxième étape, celle de l'ouverture du corps, n'était qu'un prolongement de la première. Le praticien devait maintenir son corps dans un état végétal, de sorte que tous les pores s'ouvrent, prêts à absorber l'énergie qui se trouvait autour de son corps, tels les stomates des racines d'une plante plongés dans la terre qui puisent l'eau et les nutritions.

Enfin venait la troisième étape : le pouvoir d'absorber. C'était aussi l'étape supérieure à partir de laquelle les choses commençaient à se compliquer. Déjà, selon le sexe du praticien, l'exercice se partageait en art masculin et art féminin. Car l'homme n'avait qu'un seul organe pour absorber, la bouche, tandis que la femme en avait deux, la bouche du haut et celle du bas. Aussi, pendant cette période, le praticien devait-il choisir sa destination, autrement dit sa spécialité. Grand-Maître-Avalant-Les-Rochers en était un exemple : elle avait choisi d'absorber l'énergie vitale en suçant par la bouche du bas les stalagmites, tandis que ses autres élèves avaient choisi de dévorer des serpents, des tortues, ou de sucer des fleurs, des bourgeons, ou d'autres choses de la nature.

Suivant les instructions de son maître, Zé-Lain se mit à l'exercice le lendemain du jour où elle fut acceptée comme le vingtième élève. Comme on peut l'imaginer, elle eut énormément de mal à atteindre la première étape, car, si, dès le départ, Grand-Maître-Avalant-Les-Rochers avait tant insisté sur la pureté de cœur de ses élèves, c'était justement comme la condition essentielle de la pratique de son art. Zé-Lain n'avait pas renoncé au désir de se venger et s'était fait accepter par son maître grâce à des arguments convaincants, mais, lorsqu'il fallut passer à la pratique véritable, elle n'eut d'autre solution que de se nettoyer à l'intérieur. Elle dut oublier momentanément son ancienne haine, faire en sorte de se détacher de son cœur, de sa pensée, pour devenir un petit noyau dur, comme un grain de sable, une graine de soja qu'on pouvait cacher au plus profond de soi. Puis, s'exposant aux rayons du soleil, s'étalant dans les lueurs de la lune, s'abandonnant aux rochers, aux troncs d'arbres, et se soumettant aux vents de huit côtés, aux eaux de cinq courants, et aux orages de tout temps, il fallut plus de deux années pour que la jeune fille Tong, d'un tempérament si fort et d'un caractère si carré, retrouve le calme total de son corps.

Ainsi, lorsqu'elle acquit la maîtrise complète d'elle-même, qu'elle put arrêter le cours de sa pensée quand elle voulait, qu'elle injecta ses sentiments sur quiconque et qu'elle put fonder sa conscience sur n'importe quoi, elle fut autorisée à entrer dans la deuxième phase : celle de l'ouverture du corps.

Là, elle peina encore jour et nuit pendant plusieurs mois, en procédant par ordre allant du plus grand au plus petit : d'abord, l'ouverture de ses mains, de ses pieds, puis de ses deux bouches, de ses narines et de son nombril, puis des racines des cheveux et des pores de toute sa peau... Jusqu'à ce qu'elle ne sentît plus rien qu'une boule d'air qui tourbillonnait dans chaque recoin de son corps et qui entrait et sortait librement à travers lui.

Au bout de trois ans d'exercices de base, Zé-Lain aborda enfin la troisième et aussi la dernière étape de son apprentissage : le pouvoir d'absorber.

Avant de choisir sa future spécialité, Grand-Maître-Avalant-Les-Rochers lui présenta la façon de procéder au choix ainsi que les diverses possibilités : généralement, l'homme était un être de Yang, et destiné au mouvement, aux choses qui se séparent de la terre, donc le choix se portait plutôt sur les animaux, les vents, ou sur l'eau qui coule, tandis que pour les femmes, qui avaient une bouche de plus et qui, espèce de Yin, s'harmonisaient avec tous ceux qui étaient proches de la terre, le choix se portait sur les rochers ou les plantes. Aussi, devait-on élire quelque chose qui inspire le praticien et qui s'accorde bien avec son caractère. Une fille comme Zé-Lain, fière, hardie et volontaire ne s'harmonisait pas, par exemple, avec les fleurs, ni avec les plantes dont la nature était trop molle ; en revanche une plante comme le bambou lui conviendrait car, aussi bien en élégance qu'en dignité, le bambou semblait en accord avec la jeune fille Tong. D'ailleurs, n'était-ce pas aussi la plante qui lui avait sauvé la vie au début de son malheur.

Zé-Lain accepta avec bonheur cette proposition du Grand-Maître et opta dès lors pour le titre de « Joueuse de flûte ».

Chaque matin, dès l'aube, elle allait dans les bois de bambous, trouvant d'abord des pousses fraîches qui venaient de sortir ; elle les enfermait dans ses paumes, les dévorait par la bouche du haut et les plongeait dans la bouche du bas. Puis, elle exerça son pouvoir d'absorber, jusqu'à ce que les jeunes pousses deviennent flétries et vidées de toute substance. Ensuite, elle s'en prit à des pousses vieilles de deux jours, puis de trois jours, puis de quatre...

Chaque fois davantage, elle progressait dans la dureté de la plante, jusqu'au jour où elle put pomper l'essence de bambous vieux de trois ans.

Alors son apprentissage fut considéré comme terminé.

XXIV

Durant son long apprentissage, la jeune fille Tong avait bien acquis la confiance du Grand-Maître-Avalant-Les-Rochers. Intelligente et loyale, elle n'avait jamais déçu une seule fois son professeur, ni dans l'évolution de son initiation, ni dans la vie quotidienne.

Au début, Zé-Lain ne fut pas seule auprès de la vieille dame. Deux autres élèves travaillaient dans le même sanctuaire. Comme ils étaient plus anciens, dans la forêt de roches, Grand-Maître leur parlait avec complicité, laissant la jeune fille Tong peiner dans la première étape de purification. De temps à autre, quand le charmeur de serpents passait leur apporter de la nourriture, ils se réunissaient autour d'un repas sobre. Déjà, le Grand-Maître employait peu de mots, et ceux qu'elle adressait à la dernière venue étaient vraiment très rares. Donc, Zé-Lain travaillait la plupart du temps dans la solitude.

Au fur et à mesure que le temps passait, la situation changea. Quelques mois après l'arrivée de la jeune fille, un événement marqua leur vie commune. L'un des deux autres élèves, un jeune homme de trente ans qui se révélait assez habile et se voulait buveur de rose, était parti un matin sans jamais revenir. Catastrophés, maître et élèves l'avaient recherché dans la montagne pendant trois jours. Sans succès. Avait-il été dévoré par une bête sauvage ou attrapé par un mauvais esprit de passage, ou tout simplement était-il tombé dans un précipice ? On ne le saurait jamais. L'autre, un homme âgé d'une cinquantaine d'années, s'était arrêté à la spécialité de « la poursuite du brouillard », sous prétexte qu'il ne progressait plus depuis dix ans d'exercice. Au bout de deux ans, il ne restait plus que Zé-Lain auprès du Grand-Maître-Avalant-Les-Rochers. Ensuite, il était arrivé quelques autres garçons qui avaient réclamé des leçons, mais comme la vieille dame avait décidé de « fermer sa porte de Montagne », aucun d'entre eux n'avait été accepté. Alors, la jeune fille Tong bénéficia enfin de l'entière faveur de son maître, d'autant plus que ce dernier, ravi du progrès rapide de son unique élève, n'avait plus qu'une seule envie : tout apprendre au plus vite à Zé-Lain, en qui elle voyait la future héritière de son art.

Ainsi, maître et élève devinrent complices dans leur art. Lorsque la jeune fille Tong put déjà absorber l'énergie vitale des bambous de trois ans, Grand-Maître-Avalant-Les-Rochers lui apprit un autre art qui s'accordait au premier : la fermeture de son corps. Zé-Lain put ainsi garder l'essence qu'elle avait puisée des troncs de bambous.

Nourri de sève vitale de bambous, le corps de Zé-Lain se transforma et retrouva, chaque jour davantage, sa jeunesse perdue. De nouveau, sa peau resplendit de couleur rose et son corps redevint dur. Certes, il lui manquait toujours ces années de jeunesse volée, mais d'ores et déjà, on ne pouvait plus la considérer comme une vieille femme.

Sa volonté de venger son père devenait de plus en plus tenace. Surtout, depuis qu'elle sentait son art sur la voie de la perfection, la mort injuste de son père ne cessait de la tourmenter. Il était vrai que, pour se faire accepter, elle avait dû cacher sa volonté secrète bien au fond de son cœur. Durant la première étape de son apprentissage, elle avait véritablement enterré tous ses sentiments, mais Zé-Lain n'avait jamais oublié son but originel. Pourtant, elle se gardait bien d'en parler à son maître qui ne cessait de lui chanter la noblesse et la pureté des arts taoïstes, en condamnant, avec des mots sévères, ceux qui en profitaient à des fins personnelles.

— Les arts du Tao ne sont que les secrets du Ciel. On ne peut se les approprier qu'en devenant soi-même une partie du Ciel, un élément de l'Univers. Ceux qui veulent en tirer profit pour eux-mêmes finissent toujours par être punis.

Ces propos laissaient la jeune fille Tong perplexe ; elle ne savait pas si le maître parlait ainsi pour l'instruire ou si elle faisait délibérément allusion à ses pensées cachées. Malgré la confiance qui lui était accordée depuis un certain temps, elle jugeait trop risqué de poser des questions. Une ou deux fois seulement, lorsque Zé-Lain exprima quelques paroles de satisfaction concernant ses progrès, Grand-Maître l'avertit aussitôt :

— Non, non, ma fille ! On dit bien que si le Tao se mesure d'un pied, le démon lui monte de dix. Ton art est loin d'être le plus fort…

Mais plus fort que quoi ? Et que signifiait le démon ? Grand-Maître n'en disait pas davantage. Préparait-elle déjà son élève contre un éventuel adversaire ? Tout cela semblait mystérieux. Néanmoins,

Zé-Lain décida de ne pas poser de questions et, pour le moment, préféra approfondir son art au maximum, en attendant l'occasion où elle pourrait toucher au but final.

Cette année, l'été se présentait d'une très étrange façon. Au milieu d'avril surgit une grosse chaleur, alors qu'on s'attendait à un doux vent de printemps. Puis, trois jours de pluie torrentielle amenèrent un grand froid. Durant dix jours, on eût cru que l'hiver revenait et, brusquement, un soleil torride apparut et brûla de tous ses feux pendant quatre jours. Il faisait une telle chaleur qu'on eût dit que la forêt de roche se consumait : à chaque tombée de la nuit, on voyait une vapeur violette couvrir les pics grands et petits. Régnait une grande sécheresse, on trouvait difficilement de l'eau et, même dans les gouffres les plus profonds, les ruisseaux cessèrent de couler. Toutes les plantes se flétrirent dans la montagne et, faute de bambous frais, la jeune fille Tong fut obligée d'interrompre ses exercices journaliers. La terrible canicule dura dix jours quand arriva brusquement l'orage. Un grand vent du nord souffla pendant une nuit entière, puis des pluies, des grêles. Ensuite, durant cinquante jours, alternèrent pluie, froid, soleil et chaleur, comme si l'été et l'hiver s'acharnaient dans une bataille pour la conquête de la terre. Ce ne fut qu'à la fin août que le calme revint dans le ciel et que l'automne prit le dessus dans la montagne.

Ce jour-là, Zé-Lain fut arrêtée sur son chemin alors qu'elle allait rejoindre ses bois de bambous pour ses exercices matinaux.

— Ma fille, dit Grand-Maître-Avalant-Les-Rochers d'un ton sentencieux, sans doute connais-tu le cycle de la vie des bambous.

— Oui, Maître, répondit Zé-Lain, le matin est la pousse, le midi les feuilles et la nuit les racines.

— Et la durée de sa vie ?

— Soixante ans.

— Et pourquoi ce chiffre ?

Là, Zé-Lain se tut. Pourquoi les bambous ne vivaient-ils que soixante ans ? Se cachait-il là un nouveau secret ? Elle l'ignorait. Alors, comme d'habitude, la jeune fille Tong baissa la tête, silencieuse, en signe d'une quête d'instructions. La vieille dame lui demanda alors :

— Combien y a-t-il de Troncs Célestes ?

— Dix.

— Et lesquels ?

— Jia, Yi, Bing, Ding, Wu, Ji, Geng, Xi, Ren, Gui, récita Zé-Lain comme une élève.

Grand-Maître-Avalant-Les-Rochers hocha légèrement la tête, en signe de satisfaction, puis, elle continua à interroger :

— Et combien y a-t-il de Rameaux Terrestres alors ?

— Douze, dit Zé-Lain sans attendre la deuxième question, ils sont : Zi, Cho, Yin, Mo, Chen, Se, Wou, Wei, Shen, Yuo, Xu, Hai.

— Exact, confirma la vieille dame avant d'expliquer en détail. Nos anciens avaient dit : « Matin c'est le printemps, midi l'été, soir l'automne et minuit l'hiver. » Tu sais qu'une journée se divise en douze moments et une année terrestre, un tour de la Terre autour du Soleil, vaut le temps de douze tours de la Lune autour de la Terre. Et tandis qu'un tour du Soleil dans l'Univers fait justement une entière alternance des dix Troncs Célestes avec douze Rameaux Terrestres, combien d'années représente tout cela ?

Zé-Lain compta quelques instants en prenant chaque Tronc pour un Rameau : Jia-Zi, Yi-Cho, Bing-Yin... À la fin de dix troncs, comme il restait encore deux rameaux, elle recommença avec les troncs : Jia-Xu, Yi-Hai... Tout à coup, elle sursauta :

— Cela fait exactement soixante ans.

— Voilà, conclut alors le maître, la vie du bambou dure un cycle du Ciel. Il est aussi la plante qui connaît le mieux les secrets du Ciel.

À ce mot, la jeune fille Tong éprouva un vague désarroi. Elle ne savait pas si c'était un coup du destin ou monté par son maître qui l'avait conduite à choisir le bambou comme destination finale. Aussi, en suçant le jus vital du bambou, détenteur des secrets célestes, que signifiait désormais sa vie propre ? Et pourquoi Grand-Maître abordait-elle le sujet aujourd'hui seulement ?

La vieille dame marqua un moment de silence avant de lui annoncer d'un ton sérieux :

— Cette année est la dernière d'un cycle du Soleil. Dans quatre Lunes et demie exactement, on commencera une nouvelle année de Jia-Zi. Des troubles vont bouleverser le monde. Les bambous fleuriront dans toutes les montagnes avant de mourir. Ce sera aussi l'occasion pour toi de venger ton père et de récupérer ta jeunesse : rétablir l'équilibre, comme tu m'avais dit au premier jour. Tu pourras quitter la forêt de roche dès la première fleur de bambou. D'ici là, tâche de consolider ton art...

Zé-Lain tomba à genoux avant que sa vieille maîtresse finisse la phrase. Pour la première fois depuis si longtemps, une forte émotion la remplissait, jusqu'aux larmes. Merci le Ciel, merci la Terre, pourvu que son art soit plus fort que celui de son adversaire !

— Toutes mes reconnaissances, Grand-Maître !

XXV

En cette année Bing-Cheng, appelée également l'année du Dragon par la population, l'Empire fut secoué en effet par de nombreuses calamités. Les personnes qui avaient plus de soixante ans et quelques autres, plus rares, qui connaissaient sommairement l'astrologie taoïste, furent les premières averties, dès la mise en circulation du nouveau calendrier. Ils repérèrent le premier présage dans le livret de l'année qui annonçait un double de Huitième Lune. Ils se souvinrent alors que le même phénomène s'était produit il y a soixante ans. À la chute de la dernière dynastie de Qing, le pays avait été frappé par une série de malheurs : le soulèvement des Boxers, le massacre en Mandchourie, et le déclenchement de la guerre civile.

— Cette année va voir un cataclysme, chuchotaient les vieillards dans les villages, n'osant pas se faire trop entendre des oreilles étrangères, car tous savaient que prédire les événements du ciel constituait une trahison des secrets célestes et que les auteurs seraient tôt ou tard sanctionnés, soit d'une maladie étrange des yeux provoquant la cécité totale, soit d'un accident de travail et, dans la plupart des cas, seraient sans postérité.

En vérité, la prévision se révéla exacte. Une fois qu'on franchit le seuil de l'année, il y eut une chute importante d'aérolithes dans le Nord-Est. En plein après-midi, le ciel devint noir et le soleil fut momentanément obscurci par des milliers de grains noirs qu'on croyait être au départ un simple nuage. Mais on réalisa ensuite qu'il s'agissait d'une pluie de cailloux noirs qui tombait. Partout jaillirent des étincelles, plongeant le monde dans un immense feu d'artifice. Puis, vint la détonation brutale, et il n'y eut plus rien. Le monde sombra d'un seul coup dans un silence de mort et de chaleur. Lorsque les habitants se réveillèrent de la stupeur, ils découvrirent leur terre couverte d'innombrables aérolithes. On n'avait jamais vu de si grosses pierres tombées du ciel. Une étoile entière avait dû s'écraser contre la Terre.

Alors, commença la série de calamités. Dans le courant de la Deuxième Lune, il y eut la mort du Premier ministre, qui provoqua à son tour un soulèvement de la population dans la principale place de la capitale, suivi bien entendu d'une importante répression. On arriva alors à la Quatrième Lune qui fut marquée par la mort du grand maréchal, un des trois piliers de l'Empire. Puis à la Cinquième Lune, l'incendie dans le Sichuan et l'inondation dans l'Anhui. La Sixième Lune marqua le fameux tremblement de terre à Tanshan, cinq cent mille morts.

À partir de la deuxième moitié de l'année, le cataclysme parut s'accélérer, comme si les désastres vécus jusque-là n'avaient pas été assez significatifs. Des tempêtes, des typhons et des orages éclatèrent partout dans le pays. On annonçait l'inondation de douze provinces du sud, des incendies inextinguibles dans la forêt du nord. Tout cela pour préparer le plus grand événement : à la Huitième Lune, le Fils du Ciel, actuel empereur, rendit l'âme.

Puis, après le deuil national, des tentatives de coup d'État, l'écrasement de la Bande des Quatre, l'arrestation de l'Impératrice Veuve et, pour finir, la grande famine généralisée.

Cependant, dans la Montagne Hua, toutes ces catastrophes étaient ignorées de la jeune fille Tong et de Grand-Maître-Avalant-Les-Rochers. Pendant qu'elles frappaient le monde de la civilisation moderne, Zé-Lain, dans la forêt de roche, s'investissait entièrement dans sa dernière phase de la pratique de l'Art d'absorption. Dans le courant de la Première Lune, Grand-Maître lui donna une dernière arme pour le combat qui l'attendait : l'art de se protéger contre l'absorption de son ennemi.

Dans ces leçons, la vieille dame faisait exprès d'insister sur la façon dont la jeune fille devait se défendre contre un homme :

— Il faut éviter qu'il te suce, et surtout pas par tes seins, car les seins sont les endroits les plus désarmés d'une femme, c'est par là que sort tout notre jus vital.

La jeune fille Tong retenait bien chacune des instructions données par sa maîtresse et se livrait, du matin au soir, aux derniers entraînements. Assise au milieu du bois, elle se fermait d'abord les seins à l'aide des incantations récemment apprises, puis elle commençait à introduire des nœuds de bambous dans sa bouche du haut, puis dans celle du bas, et ensuite dans les deux en même temps. À chaque fois qu'un nœud était introduit, elle exerçait tout son pouvoir d'aspirer. Très vite, les plantes se fanaient et changeaient de couleur à une vitesse si foudroyante que l'on ne pouvait pas la mesurer des yeux, tellement l'art de la jeune fille devenait puissant !

Le temps avait presque une lune de retard en haut de la montagne. Lorsque le vent doux du printemps souffla dans la vallée, la gelée blanche resplendissait encore chaque matin sur les branches, dans la forêt de roche. Cependant, les bambous méritaient leur réputation de plante connaisseuse du Ciel. Vers la fin mars, lorsque tous les arbres se débattaient encore dans le froid rigoureux, les premières pousses de bambou pointèrent dans la profondeur du bois, et, en même temps, des grappes de fleurs apparurent en haut des tiges élancés.

Suceuse depuis fort longtemps de cette plante hautaine et franche, Zé-Lain n'avait pourtant jamais eu l'occasion d'admirer ses fleurs. La veille de leur éclosion, la jeune fille n'avait pu s'endormir tant elle était excitée. Dès que les premiers rayons du soleil dévoilèrent les sommets de la nuit opaque, elle accourut dans les bosquets les plus proches : en une seule nuit, tous les bambous, les forts et les faibles, les grands et les petits, bambous amers comme bambous flèches, jetèrent en l'air leurs parures de fleurs. Zé-Lain était fascinée par ces milliers de petites fleurs blanches. Longtemps elle contempla leur forme étoilée, à cinq pétales triangulaires, et avec, en leur milieu, un minuscule cœur d'un jaune vif.

Ce jour-là, le soleil sembla se lever avec plus d'empressement et chassa vite le givre blanc sur les tiges. Avec frénésie, Zé-Lain se mit à effeuiller les grappes de fleurs dont elle se remplit les bouches, les narines, les oreilles, le creux du nombril. Et, de tout son corps, elle suça, absorba, aspira cette essence, la vitalité, le parfum, la douceur et la tendresse.

Ce fut la dernière occasion pour elle de se rassasier de bambous. Elle en était consciente.

À partir de ce jour, tous les bambous se fanèrent et, trois nuits plus tard, on ne trouva plus aucune feuille fraîche dans la montagne. Comme prévu, le charmeur de serpents, appelé désormais « maître-frère » par la jeune fille Tong, arriva dans la forêt de roche, rapportant quelques livres de riz et de soja, un demi sac de champignons noirs, et Zé-Lain prépara un repas de fête. Lorsque le Grand-Maître et ses deux disciples finirent de manger, vint alors l'heure difficile de l'adieu.

La jeune fille Tong resta longtemps prosternée aux pieds de la grande maîtresse, sans pouvoir prononcer un mot de remerciement. La vieille dame fut sans doute très émue aussi, car ses yeux d'habitude ridés et secs se gonflèrent d'humidité.

— Une chose que je ne t'ai toujours pas dite, ma fille, dit lentement la vieille dame, d'après ce que tu m'as raconté sur ton malheur, je crois bien que celui qui a pris ta jeunesse n'est autre qu'un de mes condisciples. Si cela se confirmait, il doit s'agir de Lao-Kouan, appelé également par notre milieu Vieille-Ventouse. Au fait, je ne le connais pas très bien. Autrefois, à l'époque où je suis passée par la porte du Tao, il s'exerçait déjà auprès de mon maître d'alors. À première vue, tu devineras que c'est un type très ambitieux, mais bizarre aussi : il refusa de porter les robes qu'on nous avait distribuées et de se raser les cheveux. Pour marquer sa particularité sans doute. Déjà, durant nos premières leçons, il se comportait toujours différemment de nous tous : il rigolait au moment où nous, maître et condisciples, étions sérieux. Puis, quand on éclatait de rire, lui affichait un air hébété avec ses lèvres retroussées comme le cul d'une poule. Il se présentait comme originaire de Kouan-Xi, et avait choisi la spécialité de « l'attrapeur de renards ». On travailla ensemble pendant deux ans. Comme je m'étais destinée aux rochers immobiles, tandis que lui avait opté pour tout ce qui courait, on s'est très vite quittés. Une dizaine d'années après notre séparation, au temps où je voyais encore mes anciens condisciples, ses nouvelles me parvenaient encore. On me rapportait, comme sujet de ricanement, qu'il s'était converti en « coureur de lapins », sous prétexte que les renards étaient trop rusés et trop difficiles à attraper ! Une autre fois, on m'a parlé de lui comme « dompteur de girafes », puis de vachettes sauvages. On rigolait beaucoup dès qu'on l'évoquait, mais gentiment car, quoi qu'il fasse, il se trouvait toujours dans la pratique correcte de notre art commun. La dernière fois qu'on me parla de lui, tout le monde était ahuri par son évolution : au lieu de continuer son art d'absorption, il était allé apprendre un double art, celui d'enivrer les jeunes filles amoureuses. Ce qui nous amusa, mais après coup on réalisa que les choses commençaient à devenir inquiétantes. Depuis, comme il est sorti de notre cercle, je n'ai plus jamais entendu parler de lui.

La vieille dame marqua un court moment d'arrêt, comme pour revenir de souvenirs trop lointains, puis, regardant son élève devant elle, elle reprit :

— Le premier jour où tu es venue me réclamer

des leçons, et me raconter ce qu'on t'avait fait, j'ai deviné que cela ne pouvait être que lui : ambitieux, avide de plaisir et rêveur de beauté, mais trop lâche et trop inconstant pour des choses difficiles.

Zé-Lain écoutait attentivement sa maîtresse. Elle posa aussitôt quelques questions sur la durée de son exercice et le degré de son pouvoir dans les deux arts. Grand-Maître-Avalant-Les-Rochers lui assura que, malgré son âge beaucoup plus avancé dans le Tao, son pouvoir ne pouvait pas être plus puissant que celui de Zé-Lain, vu l'inconstance avec laquelle il pratiquait son art. Quant à la façon de retrouver cet ancien condisciple, la vieille dame s'avoua à court d'idées, mais elle donna à la jeune fille une indication importante :

— Originaire de Kouan-Xi, il n'aurait pas pu vivre dans les pays du nord. Donc, il faudrait détecter sa trace dans les Kouan-Xi, Kouan-Dong, et Yuen-Nan, les trois provinces où le climat lui convient. Comme il manifestait toujours une haine farouche envers les gens de son pays natal, Dieu sait pourquoi, on peut encore réduire le cercle en Kouan-Dong et Yuen-Nan. Si je ne me trompe pas, toi, tu viens du pays de Tong à la frontière du Yuen-Nan, et du Si-Chouan. Par contre, j'ai appris que le maître, auprès de qui Vieille-Ventouse avait pratiqué l'art d'enivrer les jeunes filles amoureuses, vivait dans la montagne de roseaux, dite également Mao-Shan. Ma fille, n'est-ce pas que les roseaux ne poussent que dans l'eau ? La montagne Mao-Shan devrait donc se situer à un endroit où le pied de la montagne plonge dans l'eau...

À ce mot, Zé-Lain comprit tout : les habitants de son pays natal, y compris son grand-père, avaient toujours pris « Mao-Shan » pour le titre d'un maître Tao, tandis qu'il indiquait la Montagne de Roseaux. Cet endroit ne pouvait que se situer sur le versant ouest de la Montagne-Aux-Trois-Épaules, car, depuis l'enfance, Zé-Lain entendait dire par ses aïeux que les Tong venaient du bord de l'eau, à l'ouest de la montagne.

— Maître, demanda encore la jeune fille Tong, vous qui connaissez les Tao de cinq continents et de quatre océans, pouvez-vous me dire le nom du temple dans lequel le vieux Maître Mao-Shan aurait donné des leçons à Vieille-Ventouse ?

— Selon le registre secret des arts taoïstes, révéla le Grand-Maître, ce temple devrait porter le titre de Crête-Perçant-Les-Nuages-et-Les-Eaux, pour signifier à la fois son emplacement et l'acte de bonheur de l'homme dans la femme.

Zé-Lain retint bien tout ce que sa grande maîtresse lui avait raconté. Vers midi, la vieille dame et les élèves finirent enfin de se dire les derniers mots. Elle quitta alors la forêt de roche, s'engagea sur le chemin de descente, suivant son « maître-frère » le charmeur de serpents.

La descente de la montagne fut sans incident. Vers le milieu de l'après-midi, les deux condisciples arrivèrent dans la chaumière du charmeur de serpents. Là, ils firent une halte, afin de définir une stratégie pour la suite de la route, car Zé-Lain était redevenue une jeune femme ravissante, ce qui la rendait très vulnérable.

Le charmeur de serpents lui fit porter une vieille casquette en feutre et un de ses anciens costumes en toile grossière pour que le corps de la jeune femme attire beaucoup moins les regards. Puis, ils décidèrent que, désormais, Zé-Lain jouerait le rôle d'une fille receveuse, pour les spectacles que son maître-frère donnerait.

Si tout s'était fait selon la volonté de l'homme, ils seraient restés dans la chaumière la nuit entière. Mais Zé-Lain brûlait des flammes de l'impatience, et son maître-frère jugea qu'il valait mieux ne pas la contrarier. Alors, ils reprirent le chemin malgré le crépuscule, comme la dernière fois mais dans le sens inverse. Aujourd'hui, ils marchaient beaucoup plus rapidement.

Lorsque la nuit fut bien profonde, ils arrivèrent dans un village situé au bord de Dents-du-Mont-Noir, la petite cité où ils s'étaient rencontrés et où ils décidèrent de rester quelques jours, dans l'espoir de gagner un peu d'argent pour les frais du voyage de la jeune fille Tong.

Était-ce à cause des désastres prédits que, cette année, les habitants de la ville crurent beaucoup plus facilement dans les bienfaits de ce genre d'alchimie ? Toujours est-il que les tournées de vente que faisaient le dévoreur de serpents et sa condisciple se révélèrent fort fructueuses. Pendant que son maître-frère avalait les serpents, la jeune fille Tong ne cessait de vendre leurs fioles. Au bout de trois jours, ils avaient gagné une somme d'argent jugée suffisante. Pourtant, malgré son impatience, la jeune fille Tong décida de rester encore quelques jours et de continuer leur tournée de vente dans d'autres villes de la région.

XXVI

Le temps qu'il faisait était en accord avec les calamités prévues car, depuis que les bambous avaient fleuri et péri mystérieusement, on n'avait connu que trois journées ensoleillées. À partir de la quatrième, un immense brouillard tomba et voila la terre durant des jours et des nuits. On ne voyait plus rien au-delà de trois mètres, et tout ce qu'on entendait alors était assourdi par un vrombissement bizarre. Dans les montagnes comme dans les vastes plaines, on espérait un peu de courant d'air, en songeant qu'un petit vent emporterait loin ces nuages de coton sous lesquels le monde des humains était désormais enseveli. Mais les jours se succédèrent sans qu'arrive le moindre souffle d'air. Une chaleur étouffante s'entassa soudain partout sous le ciel et, à l'intérieur de chacun, une angoisse inexprimable se mit à ronger les cœurs chaque jour davantage.

Arriva le moment où la jeune fille Tong dit adieu au charmeur de serpents, son maître-frère; ceci se passa à la première révolte de la population dans la capitale de l'Empire, c'est à dire le 5 avril de l'Année Bing-Chen. Bien entendu, elle ignorait tout ce qui se passait dans le monde civilisé. À la surprise de tous, une immense lune apparut dans la nuit, au milieu du ciel, tandis que la terre était encore plongée dans un brouillard particulièrement dense.

Ce fut dans une petite cité antique, du nom de « Bond-Ba-Dou » qui signifiait Hauteur sur la Montagne Hua, que Zé-Lain se sépara définitivement du charmeur de serpents. Ce dernier aurait aimé accompagner encore la jeune fille Tong un bout de chemin, mais il fut obligé de faire demi-tour car il devait apporter des vivres dans la forêt de roche tous les sept jours.

Zé-Lain passa seule la nuit dans une auberge très simple. Dès le lendemain, elle suivit le conseil de son confrère et abandonna l'ancien stratagème de se déguiser en moine taoïste. Désormais, elle voyagerait sous sa véritable identité : la jeune fille Tong. Avec l'argent qu'ils avaient gagné des spectacles-ventes, elle acheta des habits très colorés et beaucoup de bijoux, selon les coutumes vestimentaires des Tong. Quant à l'itinéraire du retour, le désir l'avait effleurée de repasser par le village des Yang et des Meng, ne serait-ce que pour revoir Len-Jian, envers qui elle avait éprouvé la passion de l'amour. Mais faire une si longue route à pied à travers des chaînes de montagnes était impensable pour une ravissante jeune femme comme elle était redevenue. D'ailleurs, son impatience de venger son père ne lui laissait guère le cœur de passer en revue ses anciens souvenirs. Alors, toujours suivant le conseil du charmeur de serpents qui connaissait bien la montagne, elle s'habilla en femme du monde, et se paya deux porteurs de palanquin.

Au lieu de revenir vers le nord, le palanquin chemina sur la route de l'est : à trois journées de là, disaient les porteurs, passait le fleuve Xin-An, le bras le plus au sud du fameux fleuve Yang-Tsé. De là, elle trouverait une place dans un bateau pour remonter jusqu'à la hauteur de la Montagne de Roseaux.

Durant la première journée, toujours dans le brouillard, la route ne cessait pas de descendre. Les deux porteurs de palanquin, apparemment connaisseurs de chemin, s'avançaient vite en ponctuant leur marche de mots brefs. Quand ils rencontraient un creux sur le chemin, l'homme du devant clamait :

— Glissade ! Glissade !

Alors que celui qui portait par-derrière et qui ne pouvait voir le chemin répondait :

— Pieds au sec ! Pieds au sec !

Ou le premier avertissait :

— Dos d'âne ! Dos d'âne !

L'autre répondait aussitôt :

— Pas de faux pas ! Pas de faux pas !

Le palanquin avançait vite et croisait rarement des passants. De temps en temps, lorsqu'il rencontrait un petit marchand qui vendait des fruits et des épices de la montagne, Zé-Lain demandait aux porteurs de faire une petite halte, afin de leur offrir à boire ou à manger.

Ainsi, ils avalèrent, selon les dires des porteurs, une quinzaine de lieues avant la tombée de la nuit et arrivèrent dans un village au nom de Da-Xin-Zhouan pour y passer la nuit. À partir du deuxième jour, le brouillard sembla s'alléger, sans doute à cause de la basse altitude. La vallée devenait de plus en plus large et la route descendait moins fort.

Un ruisseau commençait à serpenter le long du chemin.

Pendant une halte, les porteurs informèrent que, bientôt, deux chemins se présenteraient à leur choix, menant tous les deux aux bords du Xin-An, dont l'un, le plus fréquenté, s'orientant légèrement vers le sud, les éloignerait d'une dizaine de lieues, tandis que l'autre, le long du cours d'eau, était certes plus rapide, mais moins sûr car il traversait une partie de la jungle sauvage. Zé-Lain opta pour le deuxième chemin, pensant que dans l'état où elle se trouvait, il valait mieux éviter les voyageurs curieux que la jungle. Elle avait pratiqué si longtemps l'art du Tao au fond de la forêt, qu'elle n'avait aucune crainte de la jungle sauvage.

Une lieue et demie après, la route se séparait en effet. Suivant la décision de la jeune fille Tong, les porteurs choisirent le raccourci longeant le cours d'eau et s'enfoncèrent dans les profondeurs de la forêt.

C'était exagéré de dire qu'il s'agissait d'un chemin sous leurs pieds car, parmi les herbes intenses où les porteurs s'enfonçaient, on ne voyait pas la moindre trace de pas, à peine une raie discontinue entre les arbustes. De nombreux ruisseaux coulaient de travers, avant de se jeter dans le cours d'eau, provoquant des cascades agréables à la vue comme à l'oreille. Bientôt, le cours d'eau se gonfla en torrent. Des falaises se dressèrent abruptement autour d'eux. Par moments, ils traversaient de longs corridors formés par d'innombrables branches d'arbres, sans apercevoir le moindre bleu du ciel. Des oiseaux inconnus s'envolaient brusquement au-dessus de leur tête, cassant des branches mortes et, de loin, leur parvenaient les hurlements de bêtes sauvages.

Malgré le ralentissement de leur marche, Zé-Lain se montra plutôt satisfaite de son choix : ce paysage totalement primitif l'enchantait. Depuis qu'elle avait aiguisé son pouvoir d'absorption, elle se sentait remplie d'une énergie vitale chaque fois qu'elle se trouvait au fond de la nature. Des années de vie avec des rochers, arbres et bambous avaient fait de son propre corps une partie pure de l'univers et, lorsqu'elle était parmi eux, elle avait l'impression de retrouver de vieux amis.

Ainsi, le palanquin avait parcouru deux ou trois lieues lorsque se produisit un incident : tout à coup, une meute de chiens noirs sortit des arbres et se précipita sournoisement sur les voyageurs. Après avoir poussé un cri de terreur, les deux porteurs jetèrent le palanquin à terre et montèrent chacun sur un arbre, laissant la jeune fille Tong seule derrière le mince store du palanquin.

Zé-Lain se sentit totalement désemparée, ne sachant s'il fallait s'échapper ou demeurer immobile. Cependant, aucun chien ne s'attaqua au palanquin ; ils l'encerclaient de près en tournant la tête vers la profondeur de la forêt, les oreilles dressées, comme s'ils attendaient un ordre d'assaut. Ce fut à ce moment-là que Zé-Lain vit arriver un groupe d'hommes, vêtus uniquement de peau de bêtes et d'écorce, des sabres et arcs à la main. Leur forte odeur se faisait sentir de loin.

— Qui êtes-vous ? s'écria Zé-Lain.

Les chiens se mirent à hurler. Deux garçons presque tout nus se détachèrent du groupe et accoururent jusqu'au palanquin. Ils guettèrent un long moment avant de soulever le store de bambou. Quand ils découvrirent la jeune fille Tong à l'intérieur, ils poussèrent un cri qui ne semblait pas de terreur mais plutôt de surprise.

Immédiatement, les autres s'approchèrent. D'abord, ils lancèrent des cailloux sur les porteurs qui se cramponnaient aux arbres et qui, blessés aux fesses ou aux jambes, tombèrent par terre en poussant des cris de douleur. Puis, sur un mot d'un homme qui avait l'air d'être le chef, on les attacha à un arbre. Ensuite, les deux garçons qui étaient arrivés les premiers firent signe à Zé-Lain de sortir. Quand ils virent les beaux vêtements de la jeune fille Tong, tous eurent des gémissements d'admiration. Deux ou trois d'entre eux ne cessaient d'échanger des propos brutaux, concernant Zé-Lain, et jetaient des regards agressifs sur elle.

— Mais qui êtes-vous ? demanda Zé-Lain.

Le chef qui avait regardé Zé-Lain en silence jusqu'à présent prononça une longue phrase. Zé-Lain ne comprit pas. L'un des porteurs dit alors quelque chose aux agresseurs : il savait baragouiner dans leur langage.

Le chef émit un mot et les hommes détachèrent les porteurs. Debout, celui qui parlait leur langage dit à Zé-Lain entre ses lèvres, tremblant de peur :

— Ce sont des Nui-Zhen.

— Tu comprends leur langage ? demanda Zé-Lain.

— Ils sont Nui-Zhen.

— Demande à leur chef de nous laisser partir, dit Zé-Lain d'un ton autoritaire.

Le porteur hésita un instant avant de transmettre ce message.

Les hommes Nui-Zhen poussèrent tous des cris aigus et se turent sur un geste de leur chef. Celui-ci regarda longuement Zé-Lain sans broncher. Puis, il dit encore un mot, ses hommes poussèrent la jeune femme Tong dans le palanquin. Puis, ils obligèrent les deux porteurs à reprendre leurs barres et à les suivre vers la profondeur de la jungle.

XXVII

Les Nui-Zhen étaient originaires de tribus nomades vivant dans les forêts tropicales, à la frontière sud de l'Empire. Durant des siècles, au fur et à mesure que les grands Han avaient conquis le continent asiatique, les Nui-Zhen, découverts comme d'excellents archers, avaient été presque tous enrôlés dans les armées. Surtout à l'époque des trois royaumes combattants, ils avaient formé l'avant-garde de l'armée du Wei. Lorsque le maréchal Si-Ma-Yi avait enfin unifié les trois royaumes, la plupart d'entre eux avaient été gratifiés de lopins de terre et s'étaient convertis en sédentaires, vivant toujours dans la partie sud de l'Empire.

Cependant, durant les longues époques de guerre, un petit nombre de Nui-Zhen, ayant échappé à cette évolution, étaient restés nomades dans la profondeur de leur forêt. Soit qu'ils vivaient trop éloignés dans la jungle, soit qu'ils avaient combattu trop violemment contre les soldats Wei au moment de l'enrôlement, et soit, comme de rares cas, qu'ils avaient déserté l'armée royale. Regroupée pour diverses raisons, effarouchée par ces expériences de guerres, cette peuplade vivait désormais dans la partie la plus reculée de la jungle. Subsistant uniquement de la chasse, à la merci de toutes les catastrophes naturelles, son existence était devenue sauvage, tandis que les autres étaient en grande partie civilisées. Leur langage ressemblait de plus en plus aux cris des animaux, et leurs corps perdaient peu à peu toute apparence humaine. Des centaines d'années durant, ils vécurent comme des primitifs au bord du tempétueux fleuve Ma-Fa, dans un total oubli du monde extérieur.

Même jusqu'à l'époque des Qing, en l'An 21 du règne de Kan-Xi, dit aussi l'année de Ding-Cho, l'armée impériale lançait une grande expédition vers le sud. En passant par cette partie basse de la Montagne Hua, l'empereur, fatigué sans doute du voyage, n'arrivait pas à s'endormir, son insomnie se prolongea jusqu'à l'aube. Aux premières lueurs du jour, l'empereur sortit de sa tente et vit un immense aigle planer à l'horizon ouest, entre les nuages pourpres et les cimes des montagnes. Le fils du Ciel reconnut l'oiseau de bon augure et pensa, pour une raison obscure, qu'il était sans doute un descendant des Nui-Zhen. Alors, il dit à ceux qui l'accompagnaient : « Forêt de la Montagne Hua est l'origine de nos ancêtres, nous devons avant tout la glorifier... »

Depuis, aucun soldat ne fut plus autorisé à y pénétrer. Les autorités locales reçurent même l'ordre de favoriser les Nui-Zhen, considérés comme les descendants des ancêtres impériaux. On leur distribua des vivres et des fusils. Comme c'étaient d'excellents archers, ils devinrent tous comme des tigres ailés avec les armes impériales. Ils récoltaient des fruits secs, des champignons noirs, des médicaments, des Ren-Zen. En échange, ils demandaient du sel, des poudres, et surtout de l'alcool, des tonneaux et des tonneaux d'alcool que la peuplade nomade avait découvert pendant leur fréquentation du monde civilisé. Alors, les hommes et les femmes Nui-Zhen passèrent leurs journées à avaler de l'alcool. Les flammes alcooliques embrasèrent de nouveau leur sang sauvage, ils se livrèrent à de nouvelles batailles, des duels, des débauches. Ils fusillaient leurs frères, sabraient leurs femmes, sautaient dans les précipices... À chaque réveil du cauchemar, on retrouvait des parents morts, des enfants sacrifiés. Ils hurlaient de douleur, trépignaient de rage, sautaient dans l'abîme et, de nouveau, ils buvaient, et, de nouveau, ils s'entre-tuaient...

La tragédie s'acheminait vers la disparition totale des Nui-Zhen, s'il n'y avait pas eu, parmi eux, un ou deux hommes un peu raisonnables qui réussirent à les éclairer : ce liquide diabolique allait les exterminer ! Alors, les hommes Nui-Zhen comprirent une vérité : dans cette région reculée de la montagne, ce qui importait n'était pas le fer, ni le sel, ni les poudres, ni la nourriture, mais d'avoir des descendants !

Depuis, une loi secrète fut établie rigoureusement dans toute la tribu : mort à celui qui toucherait encore la moindre goutte d'alcool, mort à la femme qui ne donnait pas d'enfants ! Aussi, toute femme qu'ils rencontraient pendant leur chasse devait se soumettre à leur loi : engendrer des enfants Nui-Zhen.

Le groupe d'hommes Nui-Zhen qui avait capturé la jeune femme Tong et ses porteurs de palanquin était un détachement de chasseurs de la tribu principale. Selon leur règlement interne, toute proie de leur chasse devrait être ramenée à la tribu avant d'être distribuée par le chef principal. Ainsi, Zé-Lain et ses employés furent obligés de suivre le petit groupe Nui-Zhen, jusqu'à l'aval du fleuve Ma-Fa.

L'expédition dura toute la journée. Au début, Zé-Lain hurlait de rage. Enfermée dans son palanquin, elle ne cessait de lancer des ordres aux porteurs, de la déposer et de demander à celui qui prétendait parler le Nui-Zhen de transmettre sa menace : elle allait exterminer toute la tribu Nui-Zhen si on ne la laissait pas libre immédiatement. En vain, le porteur n'osait plus traduire ses messages après avoir reçu quelques coups sur la tête, et les hommes Nui-Zhen rigolaient vulgairement devant ses cris de rage. Au bout d'un moment, épuisée, Zé-Lain ne put que se résigner à son sort de prisonnière

À la fin de journée, ils arrivèrent au confluent des deux fleuves Ma-Fa et Xin-An. Sur l'ordre du chef de la tribu, les deux porteurs devraient travailler pendant sept fois sept, soit quarante-neuf jours avant de reprendre le chemin de leur maison, et Zé-Lain, bien entendu, resterait une femme de Nui-Zhen. Elle recevrait bientôt la semence de sept hommes Nui-Zhen, dont le grand chef.

Malgré les protestations et l'avertissement de la jeune femme Tong, on l'enferma de force dans une tente gardée par d'autres femmes Nui-Zhen, en attendant le bon jour de l'engendrement.

Trois jours après sa capture se déroula la cérémonie de l'engendrement de la nouvelle femme Nui-Zhen. Dès la tombée de la nuit, plusieurs feux de bivouac furent allumés, autour desquels toutes les femmes Nui-Zhen s'agenouillèrent, leur corps nu fut couvert d'huile de sanglier et de poisson. Elles ne cessaient de prier pour que l'engendrement soit efficace et qu'un des leurs soit conçu dès ce jour. De jeunes garçons et des vieillards tapaient sur des tambours faits de peau de poisson noir. D'autres hommes, ceux qui n'avaient pas été choisis pour prodiguer la semence, portaient à leur taille des grappes de clochettes et dansaient par groupe de dix devant leurs tentes.

Le grand chef, un homme gros et robuste, à longs cheveux et barbe, se tenait au milieu du campement et à ses côtés s'alignaient six autres, tous nus, l'air grave, prêts à exécuter l'acte le plus sacré qui leur était confié par la tribu.

Les flammes sautaient de plus en plus haut vers le ciel. La danse devenait plus folle, les chants s'intensifiaient. Sur un mot du chef, sept femmes Nui-Zhen emmenèrent Zé-Lain et la placèrent au milieu de ses sept partenaires qui formaient un cercle de leurs corps.

Brusquement, des tambours, des cymbales et des clochettes battirent à un rythme accéléré. Des dizaines d'hommes et de femmes saisirent des branches enflammées et se mirent à se brûler mutuellement le corps : depuis que l'alcool était interdit par les ancêtres Nui-Zhen, la peuplade braconnière, qui vivait la plupart des temps sous la pluie et dans les vents et vouait ainsi un culte au feu et à la chaleur, avait retrouvé l'ivresse dans les flammes.

Aujourd'hui, pour engendrer une femelle qui avait l'air aussi belle que féconde, la fête des flammes devait être violente. On se brûlait et on attaquait les autres. Partout fusaient des cris, des hurlements, des rires et des pleurs.

La cible principale était bien entendu la nouvelle femme de la tribu. Ainsi, en un clin d'œil, Zé-Lain fut couverte de brûlures. Ses jambes, ses fesses, sa poitrine, sa nuque, tout le corps fut marqué par des traces rouges et noires. Au début, elle étrangla sa rage et les supporta malgré la souffrance. Mais, au bout d'un moment, elle aussi saisit des branches enflammées pour rendre les coups, elle aussi se lança dans la mêlée et poussa des cris et des hurlements de rires. Inconsciemment, elle se convertit presque en une véritable femme Nui-Zhen à travers ce jeu de passion et de cruauté.

Quand vint alors l'heure culminante de la soirée, chaque homme saisit une femme et tous s'accouplèrent. On gémissait, on hurlait, on roulait par terre, à travers les flammes...

Ce fut à ce moment-là que six hommes sélectionnés saisirent Zé-Lain et l'allongèrent par terre, pendant que leur grand chef s'apprêtait à inaugurer la semence : partout, son corps brillait de brûlures, au rythme du tambour, son gros sexe tremblait, couvert de cendre noire lui aussi. En poussant des cris de guerre, il s'approcha de la jeune fille Tong.

Zé-Lain ne fit plus rien pour protester, ni aucun geste pour se défendre. Elle comprenait qu'elle ne pourrait lutter contre des centaines d'hommes. Mais elle avait bien préparé son coup : dès qu'ils pénétreraient dans son corps, elle les sucerait tous jusqu'à la moelle, jusqu'à la dernière goutte de sang ! Tant pis pour les descendants de Nui-Zhen ! Elle savait que ce serait un sacrilège contre le grand Tao et que cela réduirait immanquablement sa longévité... mais puisque les Nui-Zhen avaient décidé de la violer.

Le bruit des tambours augmenta encore et le grand chef se jeta sur la jeune femme Tong qui, maintenue par des bras forts, le regardait avec un visage impassible.

Brusquement, les tambours, les danses et les chants cessèrent. Toute la tribu Nui-Zhen assistait à un spectacle qui, à la fois, l'excitait et la terrifiait : l'un après l'autre, sept hommes des plus robustes, y compris leur chef, avaient été anéantis comme un glaçon fondant dans le feu. Dès qu'ils s'étaient mis sur la jeune femme, leurs hurlements avaient été si stridents qu'on ne savait plus s'il s'agissait de plaisir ou de douleur. On avait vu leurs corps se convulser et rétrécir, à une vitesse incroyable. Puis, d'un coup, leurs corps vidés roulèrent à terre, comme une vieille peau, sans jamais plus pouvoir se relever.

Lorsque la jeune femme Tong fut enfin debout parmi les sept corps réduits en os secs, tous les Nui-Zhen s'immobilisèrent, les yeux ahuris, le sexe mou, le corps frémissant de terreur.

Zé-Lain retrouva le porteur qui parlait la langue des Nui-Zhen et lui demanda de leur transmettre son ordre : demain, ils sélectionneraient sept bateaux rapides, et sept hommes, des plus robustes, pour chaque bateau, afin de la conduire sur le fleuve Xin-An, jusqu'aux pieds de la Montagne de Roseaux.

XXVIII

Les hommes Nui-Zhen méritaient leur réputation d'excellents chasseurs et navigateurs. Leurs bateaux, composés uniquement d'écorces d'arbres trempées dans de l'huile de poisson noir, se lançaient dans le courant comme leurs flèches parmi les branches Sept bateaux mirent trois jours pour arriver au pied de la Montagne de Roseaux.

De loin, à travers la légère brume qui couvrait le fleuve, Zé-Lain voyait un gros rocher portant des caractères tracés en rouge : Porte Céleste du Sud du Mont-Perçant-Les-Nuages-et-Les-Eaux. Le titre exact que Grand-Maître-Avalant-Les-Rochers avait prononcé dans la forêt de roche. Ce fut en contemplant cette écriture que, tout à coup, Zé-Lain comprit pourquoi, en caractères archaïques, le mot montagne se présentait de cette façon : trois pics plantés dans une flaque d'eau. Et, lorsque celui qui se trouvait au milieu des trois sortait haut et élancé, tandis que les deux autres, de chaque côté, s'arrondissaient vers le bas, on se rendait compte alors du sens profond de ce caractère pourtant si simplement tracé. Pour la même raison, dans la vieille tradition, on n'arrêtait pas de comparer l'homme à la montagne, et la femme à l'eau.

Très vite, les bateaux accostèrent, devant une longue chaîne de marches en pierre, serpentant entre de gros rochers, menant vers le haut de la montagne. Cependant, Zé-Lain ne monta pas tout de suite, car depuis qu'elle avait aperçu le nom du temple, son corps semblait approcher le milieu d'un champ magnétique. Le vieux maître était-il en train de faire des exercices dans son temple ? Tous ses sens à elle se trouvaient dans un grand état d'excitation.

La jeune femme Tong envoya alors le porteur pour prévenir le maître du lieu, en se faisant annoncer par son titre du Tao : Sœur-aux-Bambous-Verts, vingtième élève du Grand-Maître-Avalant-Les-Rochers. Au bout d'un moment, Zé-Lain sentit que la force magnétique exercée sur son corps diminuait, puis disparaissait. Le porteur revint et avertit qu'effectivement le vieux Maître Mao-Shan, après son exercice, venait de récupérer pour recevoir la condisciple venue de si loin.

Zé-Lain quitta son escorte de Nui-Zhen, qu'elle renvoya chez eux et ne garda que les deux porteurs du palanquin. La chaîne de marches de pierre paraissait interminable. À peine la jeune fille Tong pensait-elle être arrivée au bout qu'elle voyait immédiatement une autre volée de marches plus longue et plus abrupte.

Enfin, elle vit la deuxième porte du temple qui avait une forme de cadre composé de trois troncs d'arbre. Un seul caractère nommait cette porte : You — dont la signification prêtait à une vague confusion entre solitaire, reclus et sombre. Zé-Lain n'ignorait pas que dans le dernier mot se cachait aussi un attribut de l'organe féminin.

Pendant que la jeune femme Tong réfléchissait sur les sens de ce terme, elle fit un détour et se trouva devant un autel où se tenait un vieillard aux cheveux flottants. Il devait être le maître du lieu ; aussitôt, Zé-Lain reconnut celui qui enseignait l'art d'enivrer les jeunes filles amoureuses. Malgré son âge avancé, il y avait une grande douceur dans son regard, de la tendresse dans ses gestes, et lorsqu'il ouvrit la bouche, elle n'eut plus aucun doute : sa voix avait un tel timbre que la jeune femme Tong sentit tous ses muscles se relâcher.

— Ici-bas, le simple moine Mao-Shan, dit-il doucement.

Quand Zé-Lain se présenta, elle surprit une brève expression d'étonnement sur le visage serein du vieil homme.

— Hou, hou, c'est surprenant ! Vous êtes si jeune et si ravissante. Quand on m'a annoncé vos titres, je m'attendais à recevoir une dame plus âgée.

Zé-Lain le remercia de ce compliment qui était sûrement sincère. Mais l'impression d'étonnement qu'elle avait saisie ne venait pas seulement de son admiration pour sa jeunesse, il devait être surpris aussi qu'une jeune femme ose visiter ce genre d'endroit.

Quand le vieux maître fit apporter le thé, Zé-Lain prit place en face de lui, et dit en joignant les deux mains selon la coutume :

— Voici trois ans que votre humble élève pratique l'art d'absorption auprès du Grand-Maître-Avalant-Les-Rochers. Cette année, le ciel change de cercle, et les bambous interrompent leur vie. Grand-Maître m'a donné congé pour que je revoie les parents abandonnés dans le pays du noir. La montagne est haute et le fleuve long. Avec bonheur, je passe devant votre noble temple. Comme notre ancien dicton dit : une conversation avec le maître vaut dix ans de lecture.

Votre humble élève profite de l'occasion pour solliciter votre précieux savoir.

La manière si correcte de la jeune femme toucha sans doute le cœur du vieux séducteur. Il éclata de rire avant de dire :

— Avec franchise, ma petite sœur, je vous avoue que jamais aucune jeune femme n'a daigné venir se renseigner sur notre art. Votre curiosité prouve votre amour sans condition pour les arts du Tao, alors je ne peux qu'être heureux de vous en donner un aperçu : l'art d'enivrer les jeune filles amoureuses s'appelle aussi « l'Art de l'envoûtement de la femme en jade ». Il a été fondé, dès le départ, par trois frères lettrés, à l'époque de Han, il y a environ mille cinq cents ans. La légende raconte que Mao-Yong, le grand lettré, accompagné de ses deux autres frères, était venu habiter dans le district de Ke-Ju, dans le sud-est de la province de Jian-Su, où les femmes étaient connues pour leur beauté. Il s'était distingué par ses manières de séduire les jeunes femmes. Ses mots, ses gestes, ses regards avaient, paraît-il, un charme particulier. Alors, il décida de faire des recherches : quels étaient les gestes les plus attirants pour les jeunes femmes ? Les mots et les phrases les plus alléchants pour leur cœur ? Les sons qui entraient plus profondément à l'intérieur ? Il étudiait, expérimentait, résumait et concluait. Durant toute une vie de recherche, il a extrait trente-six formules, plus ou moins fixes, d'envoûter les jeunes femmes. Cela est la base de notre art que nous avons hérité de ses deux frères, décédés quelques années plus tard. Puis, pendant cent ans, on n'a pas vraiment su qui transmettait les formules de base qui se sont perdues dans le peuple. Enfin, plus tard, à l'époque de Tang, le pays connut une grande prospérité. Alors, sur l'ordre du vieux Maître Tao, les trente-six formules de base furent récupérées par Maître Céleste-Zhang qui présidait à l'époque l'école de Branche-du-Sud-de-Tao, dite aussi l'école des Lois-Bien-Fondées-de-Cinq-Tonnerres. Ensuite, plusieurs de ses disciples travaillèrent sur plusieurs générations. Ils distillèrent des formules d'essence, sous forme d'incantation fixe. Aujourd'hui, ce sont ces incantations dont on hérite et qu'on pratique...

Quoique très long, le discours du vieux maître de la Montagne de Roseaux éclaira une fois pour toutes la suceuse de bambous. Malgré sa gêne, elle décida de jouer le jeu jusqu'au bout. Comme elle savait que les formules étaient sûrement confidentielles, elle posa une question sur la façon de les pratiquer :

— Maître, pouvez-vous m'expliquer le principe de la pratique de votre noble art ?

Le vieux réfléchit un peu avant de dire :

— Eh bien, c'est comme la pratique de toutes les autres incantations : on apprend d'abord correctement les formules, puis la manière de les prononcer, dans les tons et les gestes justes. Ensuite, on essaie d'intérioriser la prononciation de ces mots, car il n'y a que les choses prononcées par le cœur qui sont écoutées par le cœur. Ainsi, après des années d'exercice, lorsque les formules qu'on prononce deviennent inaudibles, elles dégagent enfin toute leur énergie et les jeunes filles sont enivrées.

À ce dernier mot, le vieux maître eut un petit rire de gêne, comme s'il venait juste de se rendre compte que Zé-Lain était aussi une jeune fille. Alors, il posa vite une question sur l'art d'absorption que la jeune femme Tong avait pratiqué. D'ailleurs, c'était aussi dans les rites des Tao de s'enquérir un peu de l'art des visiteurs.

Zé-Lain lui présenta son art, et parla longuement du Grand-Maître-Avalant-Les-Rochers. Lorsqu'elle prononça le titre de sa maîtresse, le vieux cligna les yeux et dit :

— Il me semble avoir déjà entendu parler de cette dame par un de mes condisciples.

Le cœur de Zé-Lain eut un grand sursaut, mais elle savait très bien garder une apparence impassible ; elle demanda :

— Et comment votre condisciple a-t-il entendu parler de mon maître ?

— Il paraît que lui aussi avait pratiqué cet art d'absorption auparavant.

— Ah, bon ! Il doit être un de mes maîtres-oncles alors !

— Oui, oui, si je ne me trompe pas, il doit être l'un des vôtres.

— Et, quel est son titre, alors ?

Le vieillard rigola un peu avant de révéler enfin l'histoire que la jeune femme Tong avait tant recherchée :

— Au fond, il n'était pas tout à fait un de mes condisciples, puisqu'il n'est apparu qu'au milieu de nos cours. Mais comme il était intelligent, mon maître de l'époque l'avait accepté en pensant que cela valait peut-être la peine de croiser les deux arts, chose qui était jusqu'alors toujours interdite. Après quelques années de travail de base, il prit une certaine distance avec nous. Il choisit un titre à part, comme Au-Cœur-Éternel-des-Dix-Mille-Fleurs, ce qui était assez bizarre pour un Tao.

— Et où exerce-t-il ce confrère ?

— Voilà, comme vous pouvez voir, notre Montagne de Roseaux se trouve au bord du fleuve Xin-An.

En longeant le fleuve vers le nord, sur une vingtaine de lieues, vers la profondeur de la montagne, on découvre un petit village du nom de Fé-Lai-She. C'est là que mon confrère Au-Cœur-Éternel-des-Dix-Mille-Fleurs exerce son art.

XXIX

Le vieux dicton disait bien : quand deux ennemis se rencontrent, leurs yeux lancent feu et flamme. Au moment où le Maître Mao-Shan prononça le titre pourtant charmant du vieux démon, Au-Cœur-Éternel-des-Dix-Mille-Fleurs, la jeune femme Tong eut du mal à dissimuler les lueurs haineuses de ses yeux. Le vieillard révéla enfin l'endroit où résidait le grand démon ; Zé-Lain ne pouvait plus tenir en place, dévorée par l'envie de partir sur-le-champ afin de réaliser le vœu qui l'avait tenue en vie jusqu'à présent.

Cependant, Zé-Lain, qui était devenue une sincère taoïste au fil du temps, savait faire usage de sagesse et calmer ses flammes intérieures ; elle réussit à converser calmement avec le Maître Mao-Shan. Quand arriva la fin de l'entretien sur leurs arts, et que vint le moment fatidique de la démonstration, cérémonie qui devait conclure la rencontre de deux détenteurs des arts taoïstes, la jeune fille Tong se creusa la tête pour trouver une idée qui empêche cette dernière formalité. Car il était évident qu'un échange de tours était voué à un désastre : soit le vieux Maître Mao-Shan l'enivrerait, soit elle exercerait avec brio son pouvoir d'absorption sur lui. Apparemment, le vieux séducteur s'intéressait à elle et semblait vouloir profiter de l'occasion pour l'enivrer. Pendant que Zé-Lain se cherchait désespérément une issue plausible, elle sentit brusquement une chaleur descendre jusqu'au bas du ventre, en même temps qu'un désir implacable bouleversait ses entrailles. Elle en fut affolée, croyant que le vieux tombeur de femmes commençait déjà sa démonstration sans la prévenir. Elle allait protester quand elle réalisa, avec surprise, que son trouble intérieur n'était pas dû à l'ivresse du désir, mais à un flux tiède qui coulait entre ses jambes : la période indisposée de son corps arrivait au bon moment.

Dans un long soupir d'impuissance, le vieil homme se résigna à ce contretemps et congédia la jeune femme Tong d'un geste large de ses bras.

Dès lors, Zé-Lain passa six jours dans le tourment de l'attente, car, étrangement, sa menstruation dura particulièrement longtemps. Sans doute son corps avait-il pressenti la tâche qui désormais lui incombait ; il se mit instinctivement à procéder à un grand nettoyage, une épuration en profondeur. Cela agaça beaucoup la joueuse de flûte, possédée toujours par une envie de vengeance immédiate. Cependant, elle était consciente que cette attente lui serait très utile car elle avait besoin de temps pour bien préparer son coup.

Durant six jours, elle réfléchit à la manière d'approcher son ennemi. Il ne fallait surtout pas que le vieux démon devine son identité ; d'ailleurs, il n'était pas certain que le vieux suceur de jeunes filles ne puisse se souvenir de Zé-Lain, dont il avait aspiré toute la sève de jeunesse. Et puis, il était nécessaire que Zé-Lain le séduise avant que lui, le vieux démon, mette en pratique son art d'enivrement. D'après ce qu'on lui avait dit, ce grand Tao dévergondé était monté très haut dans l'âge : il était au moins de la génération du Grand-Maître-Avalant-Les-Rochers. Grâce aux jeunesses sucées des jeunes filles, il pouvait accéder à l'éternité. Serait-il encore sensible à la séduction d'une jeune femme comme Zé-Lain ?

Après la rencontre avec le vieux séducteur Mao-Shan, la jeune femme Tong fit ses adieux aux deux porteurs de palanquin. Elle remit son habit de religieuse, s'habilla cette fois en nonne, et sollicita un logement dans le premier village rencontré sur son chemin, le long du fleuve Xin-An. Il se trouvait que, dans cette région si pauvre de la montagne, la seule famille susceptible de fournir une chambre convenable à une maîtresse Tao était celle d'un descendant lointain de l'empereur Han, échoué là par hasard, depuis plusieurs générations, après la terrible dispute du trône entre les princes qui avait provoqué le massacre de la cour et, comme tout le monde le savait, avait entraîné l'éclatement du Vieil Empire. Or, au cours de plus de mille cinq cents ans, la famille avait gardé deux choses comme preuves de son attache à la famille impériale Han. D'abord le nom : Liu, et la seconde chose, assez étrange : un rouleau de parchemin illustrant des scènes de vie de leurs ancêtres dans le palais intérieur de la Cour, autrement dit, la vie quotidienne dans la chambre à coucher de l'empereur.

Quand, arrivée au village, la jeune taoïste exprima son souhait de trouver un logement pour quelques jours, tous les villageois affirmèrent que seuls les Liu étaient assez aisés pour offrir un logement convenable à la maîtresse venue de si loin. En effet, une fois introduite chez les Liu, Zé-Lain découvrit une large maison, apparemment très ancienne, en briques bleues. Malgré la poussière épaisse, Zé-Lain ne manqua pas de remarquer que le toit était couvert des tuiles vertes, couleur qui signifiait autrefois le rang princier du maître de la maison. Bien entendu, la première question qu'elle posa, dès qu'elle fut installée, était relative à l'origine de ses hôtes.

Le maître de la maison en fut excité. C'était un petit bonhomme âgé d'une cinquantaine d'années. Rapidement, il prononça le nom sacré et raconta l'histoire de sa famille. Comme s'il avait peur qu'on le ne croie pas, il se hâta d'énumérer, l'une après l'autre, les raisons pour lesquelles ses ancêtres avaient préféré la tranquillité d'un tel lieu, au bord du fleuve Xin-An, aux aléas trop souvent dangereux de la vie impériale. Puis, avec empressement, il décrocha un long rouleau de papier en parchemin, suspendu au milieu du grand et sombre salon.

— Voilà, notre trésor de famille !

Tout à coup, au moment où il allait tirer le rouleau, il dut sans doute réaliser qu'aujourd'hui son visiteur était une jeune femme, ce qui était rarissime dans la vallée.

— Hou, hou, ce n'est peut-être pas la peine que je vous montre ces images, bredouilla-t-il, avec une légère consternation.

— Mais si, mais si, dit Zé-Lain ! J'ai envie de tout savoir.

Après une hésitation, le soi-disant descendant de la Cour Han tendit le rouleau à la jeune femme, en disant qu'il serait préférable qu'elle admire toute seule ces scènes de la vie privée de l'empereur Han.

Zé-Lain était très curieuse de savoir ce que cachait le rouleau. Une fois que le bonhomme tourna le dos, elle tira le parchemin et découvrit les images. Aussitôt, elle comprit qu'elle tenait enfin la clé qu'elle avait tant cherchée pour réussir sa vengeance contre le vieux démon, résidant au village de Fé-Lai-She.

Au jour dit, le temps se trouvait juste au milieu de l'année. Le sixième jour de la sixième lune était la fête de Men-Zhong qui marquait le début de la moisson du blé. Comme d'habitude, il faisait une chaleur étouffante. Dans les champs dorés de blé, on eût dit qu'un vent brûlant soufflait de haut en bas, écrasant ainsi la terre sous des flammes invisibles. En dehors de la Montagne Hua, le monde arrivait à la veille de la pire des calamités : dans douze jours, il y aurait le grand tremblement de terre à Tanshan : la mort de cinq cent mille personnes, dès les trois premières secondes du cataclysme.

Zé-Lain, faux moine taoïste sous le titre de « Joueuse de la flûte », était rétablie de sa période indisposée et se sentait remplie d'énergie et de courage. Ce matin-là, elle se leva vers l'aube et quitta la maison des Liu sans dire au revoir à personne, emportant dans sa large manche le rouleau de parchemin cachant les portraits volés du palais de Han.

Toute seule, elle remonta le cours du fleuve Xin-An, vers la profondeur de la montagne Mao-Shan. Tantôt à travers des jungles sauvages, tantôt par-delà des contrées désertes de roche ocre. Durant trois jours, la jeune femme taoïste marcha sans relâche, vers la dernière destination de son destin : ce village qui portait un nom étrange : Fé-Lai-She. À partir du quatrième jour, elle ralentit la marche, estimant qu'elle n'était plus très loin de son but, et qu'il fallait prendre la plus grande précaution. Elle atteignit une fourche du cours d'eau qui s'appelait toujours Xin-An. Sans savoir quel bras choisir, elle se laissa guider par son instinct et prit la branche qui allait vers le nord. Durant la cinquième journée, elle escalada rocher sur rocher et découvrit, en fin de journée, une chute d'eau qui tombait d'une falaise haute de plusieurs centaines de pieds. Impossible d'aller plus loin, elle passa la nuit sous un vieil arbre et mit, le lendemain, une journée entière pour rebrousser chemin. Revenue à la fourche du cours d'eau, la jeune femme choisit cette fois-ci la direction du sud et qui menait à une falaise beaucoup plus haute que la précédente : de loin, elle voyait déjà des parois escarpées crevant les nuages. Cependant, à l'approche de la falaise, le cours d'eau qui portait désormais le nom de la Rivière Xin-An faisait quelques détours avant de se jeter dans un ravin : là, avec une grande surprise, la voyageuse découvrit un pâté de maisons grises qui s'accrochaient les unes aux autres, le long de la rivière.

Ce fut en plein après-midi que Zé-Lain entra dans le village de Fé-Lai-She. Après un court moment de repos, elle trouva, grâce aux informations recueillies auprès des paysans, le temple à moitié caché dans la falaise de mille pieds. Avant de franchir le seuil de la grotte, la jeune femme Tong éprouva une inquiétude, pendant quelques instants. Or, une fois à l'intérieur de la tanière, à l'instant où elle aperçut le vieil homme de dos, elle n'eut plus aucun doute : dix ans plus tôt, cet homme-là avait sucé sa vie, car, même de dos, elle reconnaissait sa propre jeunesse consommée goutte à goutte dans ce corps dont l'esprit était en grande partie possédé par le démon.

Pourtant, elle camoufla bien sa haine et afficha un sourire délicieux, lorsque le vieux moine se tourna vers elle, son chant de psaume terminé.

— Pardonnez-moi ce dérangement, Maître, dit-elle d'une voix timide. Votre humble élève avait depuis toujours entendu votre réputation du Grand Tao de l'éternité. Aujourd'hui, en passant au pied de votre demeure, j'ai le bonheur de vous entendre de mes propres oreilles...

Ainsi, sous prétexte de solliciter des conseils sur l'art du Tao, Zé-Lain réussit à désarmer le vieux démon de sa méfiance, en lui montrant les dessins érotiques cachés dans le rouleau du parchemin. La jeune femme arriva à entraîner son ennemi dans sa chambre à coucher, sur son lit de pierre.

Lorsque, excité par la lecture des poèmes qui accompagnaient les images du jeu du nuage et de la pluie, l'Étoile-de-La-longévité saisit la jeune femme pour lui faire une démonstration, suivant la demande de cette dernière, il ne s'était encore douté de rien. Zé-Lain gardait toujours son air naïf de jeune fille vierge, même quand celui-ci souleva sa robe de soie.

— Mais qu'est-ce que c'est, Maître? demanda-t-elle, les yeux fixés sur le corps du vieil homme.

— Ma fille, pour bien comprendre ces images et ces poèmes, il faut les vivre dans son propre corps. Viens que je te montre...

— Vous êtes sûr...

— Tout à fait.

Quand le vieux démon pénétra enfin en elle, Zé-Lain n'exerça pas tout de suite son pouvoir de sucer. Elle voulait que le vieux se réjouisse de ses derniers plaisirs. Ce fut aussi le moment le plus violent qu'elle ait jamais éprouvé de sa vie qui, pourtant, n'avait pas manqué de malheurs et de brutalité : faire jouir en soi le sexe de la personne qu'on hait le plus au monde, devient un paradoxe d'une violence incommensurable.

Zé-Lain fit donc durer le plaisir du vieil homme, car elle avait besoin que sa haine atteigne son comble pour tuer : la volupté de tuer résidait aussi dans la haine de tuer son ennemi pendant son plaisir.

Ce fut au moment où le vieux se mit à gémir qu'elle commença à aspirer un premier coup. Le vieil homme comprit aussitôt et, les yeux écarquillés, il voulut arrêter sa jouissance. Mais Zé-Lain ne lui en laissa pas le temps et, enfermant bien le vieux corps dans ses bras, enchaîna une série de coups accélérés de succion par sa bouche du bas.

Étoile-de-La-Longévité poussait maintenant des hurlements très aigus, mais cette fois de douleur. Avant son dernier souffle, il essaya sûrement de contre-attaquer, d'aspirer les entrailles de la jeune femme. Mais avant qu'il eût repris le contrôle de son pouvoir de l'art du Tao, son corps fondit et se transforma en larve au-dessus du ventre de la jeune fille Tong.

Avec haine et violence, Zé-Lain suça son vieil ennemi, de ses deux bouches, de ses deux mains. Même quand le vieil homme fut complètement desséché, même quand il ne resta de lui plus qu'un tas d'os, elle suça, aspira et récupéra la dernière goutte de sa propre jeunesse.

Lorsque la jeune fille Tong quitta le village de Fé-Lai-She, le soleil se couchait et incendiait impitoyablement la moitié du ciel à l'ouest. Regorgée subitement de sa propre jeunesse, Zé-Lain marcha avec une telle légèreté qu'on eût dit qu'elle sautillait.

Ce fut à ce moment-là qu'elle remarqua que les berges du fleuve Xin-An étaient couvertes de fleurs d'azalée qui, en ce début d'été, se trouvaient dans leur grand épanouissement, les pétales tachés de sang. Pour une raison obscure, Zé-Lain adorait les azalées depuis son enfance. Maintenant qu'elle y pensait, cette préférence était due sans doute à sa sensation d'admirer des couleurs mêlées : le rouge vif plongé dans un blanc pur.

Mais aujourd'hui, la jeune fille Tong qui se dirigeait vers son pays natal, son village qu'elle avait quitté depuis si longtemps, après un parcours si étrange, voyait d'un œil différent ces pétales d'une blancheur pure, tachée de rouge : la pureté et l'innocence n'étaient-elles pas devenues particulièrement touchantes ainsi imprégnées de si récentes traces de violence ?

DU MÊME AUTEUR

Aux Éditions Stock

LE SORGHO ROUGE (prix Cazes 1988, prix de l'Asie 1988)

LES HÉRITIERS DES SEPT ROYAUMES (prix de la Découverte du Pen Club français 1988, prix de l'Été 1989)

Aux Éditions Flammarion/Stock

LE JEU DE L'EAU ET DU FEU (prix de la Jeunesse 1990, prix du Contrepoint 1991)

Aux Éditions Denoël

LE CERCLE DU PETIT CIEL (Folio n° 2672)

Aux Éditions du Mercure de France

LA JEUNE FILLE TONG (Folio n° 2808)

Impression Novoprint
à Barcelone, le 15 janvier 2018
Dépôt légal : janvier 2018
1er dépôt légal dans la collection : février 1996.

ISBN 978-2-07-277883-4./ Imprimé en Espagne

330861